AF140151

Bibliografische Information der Deutschen Nationalbibliothek
Die Deutsche Nationalbibliothek verzeichnet die Publikation in der
Deutschen Nationalbibliografie, detaillierte bibliografische Daten sind im
Internet über http://dnb.dnb.de abrufbar.

Coverfoto: Manfred Weis, Heidi Moor-Blank
Covergestaltung: Ingrid Reidel, Heidi Moor-Blank

Autorenfoto: Judith und Michael Strubel

ISBN:
9783734704536

kann Spuren von T☠D enthalten

Heidi Moor-Blank

kann Spuren von

T☠D

enthalten

13 kriminelle Kurzgeschichten

Inhalt

Paulchen

Sorgfältig wischte er den Spuckefaden vom Mund und warf das Papiertaschentuch in den Plastikeimer. Dann lief er ins Bad und kippte die Kotze ins Klo. Er ließ etwas Wasser in den Eimer laufen, wackelte ihn heftig mit beiden Händen hin und her und schüttete den Inhalt ebenfalls in die Toilettenschüssel. Den Eimer stellte er kopfüber in die Badewanne, dann drückte er die Klospülung und wusch sich die Hände.

So. Das war geschafft.
Paulchen ging in die Küche und öffnete den Kühlschrank. Außer einem Glas Gurken und einer Flasche Tomatenketchup war nichts drin. Kurz kaute er auf seiner Unterlippe und überlegte. Wenn er die Schokolade aus dem Adventskalender heute schon für den nächsten Tag essen würde, ob das wohl in Ordnung war? Er hatte doch solchen Hunger!
Sein Papa würde jetzt lange schlafen. Das kannte Paulchen schon.
Vorsichtig puhlte er das kleine Schokostückchen aus der Pappe. Der Weihnachtsmann auf dem Kalender hatte dicke, rote Backen, einen weißen, langen Bart und ganz liebe Augen mit vielen kleinen Fältchen drumherum. Paulchen grinste. Genau so sah der Nachbar von gegenüber aus.
Er schob sich die Schokolade in den Mund und versuchte, keine Bewegung mit der Zunge zu machen, sodass es ganz lange dauern und der Geschmack ganz lange bleiben würde. Man durfte einfach nicht schlucken!

Morgen früh, wenn Papa ausgeschlafen hatte, würde es vielleicht Frühstück geben.

Vor zwei Jahren war seine Mama krank geworden. Sie musste viele Tabletten nehmen und ihr war immer schlecht davon geworden, und irgendwann musste sie ins Krankenhaus und kam nie wieder.
Dann wurde Papa krank. Er schluckte keine Tabletten, sondern eine flüssige Medizin. So wie Hustensaft. Ein bisschen roch sie auch so. Ihm wurde dann auch schlecht und schwindelig und er musste dann ganz viel schlafen. Dann ging es wieder.
„Paulchen, ich werd wieder gesund, das verspreche ich dir! Und dann machen wir es uns richtig schön!"
Das sagte Papa oft und Paulchen freute sich schon auf die Zeit, wenn sie wieder zusammen auf den Spielplatz gehen würden und es gekochtes Essen gab. Und Paulchen morgens ein Frühstück haben würde, bevor er in die Schule ging. Seit Sommer ging er in die erste Klasse der Thomas-Nast-Grundschule und konnte schon ein bisschen lesen.

Als er am nächsten Morgen aufwachte, war es noch dunkel. Aber er konnte die Uhr schon ablesen und wusste, dass es Zeit war, sich für die Schule fertig zu machen.
Im Bad packte er sich seine Zahnbürste und zog dann vor dem Spiegel weit die Lippen auseinander. Seine sonst so schönen weißen Zähne waren von einer braunen Schicht bedeckt, besonders in den Ritzen. Mist! Die Schokolade hatte die ganze Nacht Zeit gehabt, Löcher in seine Zähne zu fressen! Heftig begann er zu schrubben, fast wäre der Stiel der Bürste abgebrochen. Wasser ins Gesicht, frische

Unterwäsche, Haare kämmen, Jacke und Mütze – bald stand er fix und fertig im Flur. Sein Papa schlief noch. Paulchen hätte ihm gerne eine Nachricht geschrieben, aber so viele Buchstaben kannte er dann doch noch nicht.

Auf dem ersten Treppenabsatz kam ihm der Weihnachtsmann entgegen. Rote Backen, grauer Bart, Augen mit ganz vielen Lachfältchen und einer Tüte mit Brötchen.

„Na, Paulchen", sagte der Nachbar, „geht's zur Schule?"
Paulchen nickte stumm und starrte auf die Brötchentüte. Sein Bauch begann, so laut zu rumoren, dass es deutlich zu hören war.

„Na, zu spät aufgestanden und keine Zeit für ein Frühstück? Hier, nimm!" Er streckte ihm zwei Brötchen entgegen und Paulchen griff zu.

„Danke!", flüsterte er und stolperte die Stufen hinunter.

„Du darfst nichts von Fremden nehmen!", hatten ihm seine Eltern immer wieder gesagt. War ein Nachbar ein Fremder? Immerhin kannte er noch nicht mal seinen Namen!

Unten, vor der Haustür, reckte sich Paulchen auf die Zehenspitzen und versuchte, das oberste Klingelschild zu entziffern. Das auf der rechten Seite waren sie selber, aber das links - „P..A..U..L – Paul!" Den Rest konnte er nicht lesen, aber diese Buchstaben kannte er und weil er jetzt wusste, dass der Nachbar der Paul war, war er kein Fremder mehr! Fröhlich biss er in das erste Brötchen. Schon lange hatte nichts mehr so gut geschmeckt!

Als er nachmittags von der Schule kam, hatte sein Vater Nudeln gekocht. Zwar gab es nur Ketchup dazu, aber egal! Paulchen strahlte.

„Paulchen, hör zu. Das wird alles anders, das versprech ich dir!" Paulchen kaute und nickte. Alles würde gut werden.

Abends musste Papa wieder von seiner Medizin nehmen. So richtig gut schien die nicht zu helfen, immer wieder goss er sich das Glas voll und kippte sich dann den Inhalt in den Mund. Dann verzog er das Gesicht und murmelte seltsam vor sich hin. Paulchen wusste, dass er bald schlafen würde. Dieses Mal vielleicht, ohne einen Eimer zu brauchen.

„Papa? Wann wird es denn anders? Wann hilft denn endlich deine Medizin?"

„Was?!? Was weißt du denn schon, du kleiner Pisser!" Papa packte ihn am Pullover, hob ihn hoch und warf ihn auf die Couch. Paulchen riss die Augen weit auf und bewegte sich keinen Millimeter. Er starrte auf seinen Vater und als der sich umdrehte, schoss der Junge hoch und raste aus dem Wohnzimmer in den Flur. Eigentlich wollte er in die Küche und dort die restlichen kalten Nudeln essen, aber die Küchentür konnte man nicht abschließen. Ins Bad? Er drehte sich um. Sein Vater schwankte aus dem Wohnzimmer direkt auf ihn zu.

„Na, wo isser denn, der kleine Klugscheißer?"

Paulchen stand mit dem Rücken zur Wohnungstür. Das war der einzige Ausweg. Er riss die Tür auf, rannte nach draußen, warf sie hinter sich zu und stürmte die Treppe zum Dachboden hinauf. Dort, hinter all der Trockenwäsche, konnte man sich prima verstecken. Auf dem Absatz blieb Paulchen stehen. Alles war ruhig. Die Wohnungstür war immer noch geschlossen. Das hieß aber auch, er konnte nicht mehr rein. Mist.

Paulchen setzte sich auf die oberste Treppenstufe, stützte sein Kinn in beide Fäustchen und dachte nach.

„Psst!" Was war das? Paulchen spitzte die Ohren. Dann sah er den Nachbarn unten im Flur stehen. Der lächelte und sagte nochmal: „Psst! Das Treppenhaus ist kein Schlafplatz! Hast du dich ausgesperrt?" Paulchen nickte.

„Na, dann komm!" Der Kleine stolperte mit vor Kälte steifen Knien nach unten und folgte dem Nachbarn in seine Wohnung.

„Bist du denn verrückt geworden? Du kannst doch nicht einfach bei fremden Leuten übernachten! Wie kommst du nur auf solche Ideen?"

Paulchen war gerade von der Schule heimgekommen und kaute an den Pommes, die ihm sein Vater vorbereitet hatte.

Dass er ohne Schulranzen in den Unterricht gekommen war, war nicht so schlimm gewesen. Herr Paul, der Nachbar, hatte ihm einen Zettel geschrieben und gesagt, den solle er seiner Lehrerin geben. Die hatte gegrinst und gesagt: „Na, Hauptsache, DU bist gekommen." Paulchen hätte zu gerne gewusst, was auf dem Zettel gestanden hatte. Er musste unbedingt lesen lernen!

„Die Haustür war zu", flüsterte Paulchen und guckte ganz betröppelt.

„Was rennst du denn einfach davon, Kind? Sowas! Ich hab mir Sorgen gemacht! Und dann bei einem fremden Mann übernachten! Du weißt doch nicht, was das für einer ist! Hat er dich angefasst?" Papa hatte Paulchen bei der Schulter gepackt und ihm fest in die Augen gesehen. Paulchen schüttelte heftig den Kopf.

Wobei – Ludwig, so hieß Herr Paul mit Vornamen und Paulchen durfte ihn so nennen, hatte ihn in die Badewanne gesetzt, bis er wieder aufgetaut war, und dann in ein dickes Flauschebadetuch gewickelt und aufs Sofa getragen. Dann gab es Leberwurstbrot und Paulchen war so glücklich wie schon lange nicht mehr.

Später gab ihm Ludwig noch ein großes T-Shirt. „Einen Schlafanzug für Zwerge hab ich natürlich nicht. Aber das müsste als Nachthemd durchgehen. Irgendwo hab ich auch noch eine neue Zahnbürste."

Das große Doppelbett hatte noch richtige Federbetten und Paulchen jauchzte vor Freude, als seine Füße die Wärmflasche fühlten. Kaum lag sein Kopf auf dem Kissen, war er auch schon eingeschlafen.

Jetzt grübelte Paulchen. Was meinte Papa mit „hat er dich angefasst?".

Zwei Tage später klingelte Paulchen mitten in der Nacht tränenüberströmt an Ludwigs Wohnungstür.

„Ach Jungchen!", sagte der nur und ließ ihn rein.

„Papa, er hat ...", Ludwig legte dem Kleinen seinen Zeigefinger auf den Mund. „Psst. Alles ist gut."

Paulchen nickte. Der alte Mann schien alles zu wissen. Vielleicht war er ja doch der Weihnachtsmann?

Kurze Zeit später, als der Kleine unter der dicken Daunendecke lag, grübelte er über die seltsamen Dinge, die ihm sein Papa gesagt hatte. Über alte Männer, die kleine Jungs mochten. Er war so wütend geworden und immer lauter. Nur weil Paulchen ihm erzählt hatte, dass der Nachbar ihm nachmittags einen Lebkuchen geschenkt hatte, als er ihn nach der Schule im Treppenhaus getroffen hatte.

„Hat er nicht noch ein Häschen oder ein Meerschweinchen, das er dir zeigen will?" Dabei hatte er

Paulchen so heftig am Arm gepackt, dass blaue Flecke geblieben waren.

Später, Paulchen hatte schon geschlafen, hatte er ihn aus dem Bett gezerrt, ihn hochgehoben und genuschelt:

„Du gehsss da nich mehr hin, verstanden? Sonst ... Ich hau dich windelweich!"

Zuerst hatte Paulchen genickt. Aber dann rutschte es ihm einfach so raus:

„Aber er ist doch so lieb. Und schaut aus wie der Weihnachtsmann!"

Da hatte Papa ihn geschüttelt und war mit ihm aus der Wohnung gerannt, hatte ihn vor der Wohnungstür des Nachbarn auf die Dielen geworfen und geschrien:

„Dann lass dir doch dein Schwänzchen lutschen, du kleiner Pisser!"

Und hatte auf den Klingelknopf gedrückt.

Als Paulchen am Morgen erwachte, stand der Nachbar lächelnd an seinem Bett. „Steh auf! Heute ist Weihnachten! Wir beide haben noch einiges vorzubereiten!"

Paulchen war sofort hellwach, machte sich hungrig über das Frühstück her und wunderte sich über seine Kleider, die am Stuhl hingen. Sogar die dicke Jacke, die Winterstiefel, die Mütze und die Handschuhe waren da!

Er konnte nicht wissen, dass Ludwig schon ganz früh mit den Vorbereitungen begonnen hatte.

Schon lange hatte er davon geträumt, den Heiligen Abend auf der Trifelsblickhütte zu verbringen. Er machte dort oft Hüttendienst, versorgte hungrige Wanderer und genoss die wunderschöne Aussicht dort oben.

Aber zuerst war das Töchterlein zu klein gewesen, dann war sie krank und war noch als Teenager an Leukämie gestorben. Seine Frau hatte jahrelang versucht, damit klarzukommen, aber so richtig fröhlich und unternehmungslustig war sie nie wieder geworden.

Dann kam der Krebs wieder und nahm ihm auch sie.

Aber jetzt war da ein kleiner Bursche, der es verdient hatte, einen wunderschönen Weihnachtsabend zu erleben. Deshalb war er schon ganz früh auf gewesen, hatte Dinge gepackt, eingekauft und war in die Nachbarwohnung geschlichen, um Paulchens Sachen zu holen. Der Vater war zu besoffen gewesen, die Tür hinter sich zu schließen, und schlief immer noch seinen Rausch aus, ohne den Besucher zu bemerken.

Bald waren zwei Rucksäcke gepackt. Ein großer, schwerer und ein kleiner für Paulchen. „Einen Kindersitz hab ich nicht für dich. Setz dich einfach auf die zusammengefaltete Decke auf den Rücksitz. Ich schnall dich an und dann drücken wir die Daumen, dass die Polizei uns nicht erwischt!" Ludwig schmunzelte. „Und wenn sie uns anhalten, sag ich einfach, ich wäre der Weihnachtsmann und hätte keine Zeit für eine Fahrzeugkontrolle!" Er kicherte. Und Paulchen kicherte auch.

So fuhren sie durch Landau und dann Richtung Haardt. Unterhalb der Annakapelle stellten sie das Auto ab, zogen Jacken, Mützen an, setzen die Rucksäcke auf und wanderten den Weg hoch zur Kapelle und der Annahütte daneben.

„Boah! Schnee!" Paulchen jubelte. Hier oben war der nächtliche Niederschlag als Schnee gefallen und liegen geblieben. Wie mit einem Lineal gezogen war die Grenze zwischen Matscheweg und Winterwald deutlich zu sehen und Paulchen war sich sicher, dass hier der Eingang zum Märchenwald sein musste!

Er strahlte den alten Mann an. Der strahlte zurück und packte fest die kleine Hand im Strickfäustling. „Na komm!"

Zuerst ging es kaum bergan. Ein breiter Waldweg führte durch die verschneiten Bäume und die Sonne glitzerte auf den Zweigen.

Bald ging es nach rechts auf einen kleinen Pfad. Paulchen kannte jetzt die Wegweiser an den Bäumen. Die bunten Punkte, Striche und Kreuze waren Wegmarkierungen des Pfälzerwald-Vereins, und wer die kannte, konnte sich nicht verlaufen!

Dann endete der Pfad auf einem breiteren Weg. Der alte Mann wies nach vorn: „Da geht es ein kleines Stück steiler hoch, und dann haben wir es auch schon fast geschafft!" Paulchen stapfte und schnaufte und schwitzte ein bisschen in seinem dicken Pullover.

Ein Stückchen nach rechts, dann kam eine Abzweigung nach links und Ludwig sagte: „Da sieht man schon das Dach der Hütte." Der Kleine hopste im Schnee. Aber dann sah er, dass kein Rauch aus dem Schornstein kam und alle Fensterläden fest verschlossen waren.

„Da ist zu, glaube ich!", flüsterte er. „Das ist aber – och menno ..."

Er blieb stehen, aber Ludwig schritt ganz entspannt weiter, kramte in seiner Hosentasche und zog dann einen großen Schlüsselbund hervor. Ohne sich umzudrehen, wedelte er damit über seinem Kopf.

„Weitergehen, Kumpel! Weihnachtsmänner haben einen Schlüssel! Oder sie kommen durch den Kamin!" Dröhnend begann er zu lachen und Paulchen jubelte laut auf und rannte los bis zur Eingangstür.

„Schau, hier ist der Gastraum, hier machen wir uns Feuer, damit wir warm haben. Dort in der Küche machen wir noch ein Feuer, damit wir kochen können. Oben gibt es Betten. Für den Hüttendienst. Sind wir ja sozusagen. Wenn einer kommt, wird er bedient, oder?" Paulchen nickte eifrig.

„Aber zuerst genießen wir noch kurz die Aussicht, solange wir was sehen. Komm mit!"

In eine Decke gepackt setzen sich die beiden auf die Bank vor die Hütte. Weit ging der Blick nach Süden, zum Trifels, über die Berge des Wasgau und zur Haardt.

„Da hinten, da ist Landau! Hast du eigentlich gewusst, dass der Thomas Nast, der deiner Schule den Namen gegeben hat, als ganz kleiner Junge mit seinen Eltern nach Amerika ausgewandert ist? Da war er gerade so alt wie du! Und dort wurde er berühmt. Weil er so toll gezeichnet hat."

Ludwig sah ihn ganz spitzbübisch lächelnd an.

„Von ihm ist der Weihnachtsmann auf den Werbetafeln für den Nikolausmarkt. Dieser Weihnachtsmann, der genau so aussieht wie ich!"

Paulchen nickte und grinste. „Ja, der sieht wirklich so aus wie du!" Dann schaute er in Richtung Trifels und flüsterte: „Meinst du, ich werde auch mal berühmt? Und wandere nach Amerika?"

Ludwig legte den Arm um die schmalen Schultern des Jungen, drückte ihn kurz und sagte dann bestimmt: „Da bin ich mir ganz sicher!"

Dann ging es los. Sie machten Feuer – Paulchen lernte, wie man dünne und dicke Scheite aufschichten musste, damit auch richtig Luft an die Flammen kam.

Dann holten sie eine kleine, krumme Fichte aus dem Wald, die direkt neben einer dicken Buche aus der Erde gekommen war.

„Die kann hier nichts werden, so dicht neben dem anderen Baum. Deshalb darf sie Weihnachtsbaum werden!"

Paulchen nickte glücklich. Das Bäumchen machten sie mit einer Schraubzwinge an einem der dicken Tische im Gastraum fest. Der alte Mann lachte.

„Das ist jetzt zwar kein hübscher Weihnachtsbaumständer, aber es funktioniert! Und jetzt komm, Gemüse schnippeln!"

Er stand auf und hielt inne.

„Halt nein, ich hab was Wichtiges vergessen! Klo gibt es hier drin keins! Das ist ein paar Meter dort den Weg runter. Es gibt dafür eine extra Taschenlampe. Mit Kordel. Die kann man sich um den Hals hängen. Damit ... Na weil – äh ... man hat dann die Hände frei!"

Paulchen grinste. „Und pinkelt sich dann nicht auf die Schuhe!"

„Kumpel, du kennst dich aus! Normalerweise ist ja Hinsetzen die Regel, aber jetzt frierst du dir den – na du weißt schon!"

Beide kicherten los.

„Wenn du im Dunkeln nicht allein gehen möchtest, sag Bescheid."

Paulchen wurde still. Man sah ihm an, wie heftig seine Gedanken in seinem Hirn wirbelten. „Nee, das geht schon.", murmelte er dann.

Beim Gemüseputzen hatte Paulchen die Aufgabe, die Kartoffeln, die Karotten, die Petersilienwurzeln, Kohlrabi und den Sellerie zu schälen. Das Teil, das ihm Ludwig in die

Hand gedrückt hatte, war ziemlich einfach zu bedienen und Paulchen schabte eifrig Berge von Gemüse.

Ludwig schnitt Zwiebeln und Lauch und griff dann nach den geschälten Möhren.

„Guck mal! Ich übe! Wie die Fernsehköche!"

Er ließ das große scharfe Messer mit der Spitze immer auf dem Schneidebrett und bewegte nur hinten den Griff nach oben und unten.

„Die Kunst ist, die Möhre im richtigen Tempo vorwärts zu schieben und sich dabei nicht in die Finger zu säbeln."

Paulchen schaute fasziniert zu. „Ich will das auch probieren!"

Dann stand er auf einem Fußhocker, in der linken Hand eine Möhre, rechts das Riesenmesser und versuchte, beides zu koordinieren.

„Warte mal." Ludwig stand jetzt dicht hinter ihm, griff mit seinen Händen die kleinen Paulchenhändchen und zeigte ihm die Bewegungen. Plötzlich spürte er, wie sich der kleine Kerl vor ihm verkrampfte. Er ließ los und trat einen Schritt zurück.

„Okay! Wir haben was Wichtiges vergessen! Du musst noch den Baum schmücken! Die Suppe schaffe ich auch allein!"

Vorsichtig legte Paulchen das Messer hin und stolperte vom Hockerchen auf den Boden. „Hmm-hmm!" Er nickte und das Glitzern in seinen Augen war nicht zu übersehen.

Ludwig schnitt aus der Alufolie viele Rechtecke, faltete sie zusammen und zeigte Paulchen, wie er mit der Schere von jeder Seite einmal einschneiden musste bis fast zum Rand auf der anderen Seite. Eifrig werkelte der Junge und kurze Zeit darauf strahlte das kleine schiefe Bäumchen unter vielen silbernen Ketten. Das Gemüse köchelte in einem großen Topf vor sich hin, die Betten waren aufgedeckt und verteilt und Paulchen steckte kleine Kerzchen in Plastikhalter.

„Die waren in einer Schublade und sind eigentlich für einen Geburtstagskuchen. Aber mit Blumendraht kann man die ganz prima auch an Zweige pfriemeln!"

Paulchen war sehr beeindruckt vom handwerklichen Geschick seines großen Begleiters. Und seit der ihm bei der Bettenzuteilung sogar ein eigenes Zimmer hatte zuweisen wollen, war Paulchen wieder entspannter. Sie würden beide im großen Schlafraum schlafen. Das war okay.

„Wir spielen jetzt ein paar Spiele" – Ludwig kramte bei diesen Worten ein Kartenspiel und einen Würfelbecher aus der Thekenschublade – „dann zünden wir die Kerzen am Baum an und dann essen wir Suppe!"

Paulchen klatschte vor Begeisterung in die Hände. „Ja!"

Ludwig war aufgestanden und hatte noch zwei Scheite aufs Feuer gelegt. Dann kontrollierte er den Küchenherd. Auch der sollte brennen bis zum Morgen. Für Kaffee und warmen Kakao.

„Bevor es ganz dunkel wird, gehen wir noch ein bisschen Holz hacken. Das hier reicht zwar locker bis morgen, aber wenn es heute Nacht schneit, ist alles feucht. Und ich geh noch mal pullern, bevor es stockfinster ist!"

Paulchen sprang auf. Das war eine gute Idee. Stiefel und Jacke hatte er schnell angezogen, dann schnappte er sich die „Pullerlampe" und hängte sie sich um den Hals. Anschalten musste er sie nicht, noch war alles gut zu sehen.

Als er die paar Meter zurück zum Weg hochstapfte, hörte er schon die Axtschläge von seinem großen Freund.

Breitbeinig stand Ludwig vor dem Hackklotz und hieb mit der Axt auf große Holzstücke. Geschickt spaltete er kleine Hölzchen ab.

Paulchen staunte. Da saß jeder Schlag!

Als er näherkam, rief Ludwig: „Das gibt kleines Anmachholz, für die, die das nächste Mal die Hütte startklar machen! Die freuen sich, wenn genügend da ist! Jetzt spalte ich noch ein paar große Klötze für unseren Weihnachtsabend! Wenn du magst, kannst du die kleinen Hölzer aufsammeln, in den Korb tun und reintragen!"

Paulchen nickte. „Aber zuerst will ich auch mal hacken!"

Ludwig ließ die Axt sinken und grinste ihn an.

„Gut! Sieh her. Holz auf den Klotz. Nicht hektisch sein, warten, bis es ruhig steht. Axt mit beiden Händen packen, Beine weit auseinander, damit du dir nicht reinhackst, wenn du danebentriffst. Alles klar?"

Er hieb fest und zielsicher auf den breiten Klotz. Zwei fast gleich große Scheite fielen links und rechts in den Schnee.

Dann hielt er Paulchen die Axt hin. Der griff danach und fiel fast vornüber in den Schnee, so schwer war die.

Aber dann hielt er sie fest, packte ein dickes Holzstück auf den Hackklotz, nahm die Axt mit beiden Händen, hob sie hoch über seinen Kopf – und spürte plötzlich Ludwigs Hand auf seinem Po – zwischen seinen Beinen – überall!

Die Drehung Paulchens mit der Axt in beiden Händen und Ludwigs Schrei: „Beine weit auseinander –", überlagerten sich, die Axt schnitt quer über die Oberschenkel des Mannes, verhakte sich in der Schlagader und sein Schrei wurde zu einem Gurgeln: „... sonst hacksdddudirrein", dann kippte er nach hinten in den Schnee.

Paulchen starrte und starrte.

Ludwig stöhnte laut und griff sich an die Brust. Blut floss in einem dicken Schwall pulsierend aus der Wunde am Oberschenkel, versiegte, und dann lag der alte Mann völlig ruhig auf dem Rücken, Augen und Mund geöffnet.

Paulchens Gedanken hopsten in seinem Hirn hin und her. Es hatte zu schneien begonnen und die Schneeflocken glitzerten in den letzten Lichtstrahlen vor der totalen Dunkelheit, die es nur mitten im Wald gab. Paulchen guckte hoch in den Himmel, dahin, wo auch Ludwig blickte, und betrachtete lange das weiße Gewirbel über ihm. Als er den Blick wieder senkte, hatten die Flocken eine dünne Schicht auf Ludwigs Gesicht gebildet.

Paulchen packte die Holzscheite und schleppte sie in die Hütte. Die kleinen Hölzchen schichtete er in den Korb und stellte sie neben den Kamin. Dort, wo sie sich selbst bedient hatten. Als er das zweite Mal zum Hackklotz kam, war kein Blut mehr zu sehen. Der Schnee deckte alles zu, so heftig fielen jetzt die Flocken.

Paulchen dachte nach.

Die Suppe reichte für ihn allein bestimmt eine Woche. Das Holz vielleicht nicht, aber er wusste ja jetzt, wie man Neues hackte. Er hatte ein Bett, Kerzen, Feuer, Gemüsesuppe, Brot und Milch für Kakao.

Irgendwann würde der nächste Hüttendienst kommen.

Er hätte jetzt gerne ein bisschen geweint, aber gerade wusste er nicht mehr, wie das ging.

Veröffentlicht in:
„Pfälzisch kriminelle Weihnacht" Herausgeberin: Kerstin Lange
Verlag: Wellhöfer Verlag (20. September 2019)
ISBN-13: 978-3954282630

Gemüsesuppe „Quer-durch-de-Gaade"

Alles an Gemüse, was der Garten – oder der Wochenmarkt – hergeben:
Lauch, Kartoffeln, Karotten, Kohlrabi, Zwiebeln, Sellerie, Pastinaken, Petersilienwurzel …
Pfeffer, Salz, Basilikum, Estragon, Rosmarin, Thymian, Muskat, Lorbeerblatt, Petersilie
Gemüse putzen, schälen, in Ringe, Scheiben, Würfel schneiden.
Das ganze Gemüse in einen entsprechend großen Topf geben und mit Wasser auffüllen, bis das Gemüse bedeckt ist. Jetzt das Ganze zum Kochen bringen, ca. 30 Minuten auf kleiner Flamme mit geschlossenem Deckel köcheln lassen. Zwischendurch kann man mit einem Kartoffelstampfer das Gemüse etwas zerdrücken.

In der Zwischenzeit die Petersilie von den Stängeln zupfen. Gegen Ende der Kochzeit abschmecken, Pfeffer, Salz und die Kräuter zugeben.

Ganz am Schluss noch die Petersilie zugeben und nochmals kurz aufkochen. Wer mag, kriegt Würstchen dazu. Die Würstchen in einem extra Topf wärmen, klein schneiden und in die Suppe gegeben.

Dreizehn

Die 13 fehlte.

Schon beim Einchecken war es ihr aufgefallen, als ihr der Portier am Empfang die Lage ihres Zimmers am Computer zeigte. Er hatte die einzelnen Stockwerke zum Anklicken in der Übersicht, aber die 13 hatte gefehlt.

Sie war in Eile, das erste Meeting des Wochenendseminars würde schon bald beginnen und sie brauchte vorher dringend eine heiße Dusche. Deshalb hatte sie sich eine Bemerkung verkniffen.

Jetzt stand sie im Aufzug, ihren Rollkoffer neben sich, und musste schmunzeln, als sie die Schilder an den Knöpfen las. Die 13 fehlte.

Dass sich dieser Aberglaube über all die Zeit gehalten hatte!

Sie schüttelte den Kopf. Amüsiert und voller Unverständnis.

Nach kurzem Zögern hob sie die Hand und drückte die beiden Knöpfe 12 und 14 gleichzeitig.

Tausend Gedanken schossen ihr gleichzeitig durch den Kopf. ‚Völlig unerwachsen!' ‚Jetzt hast du die Steuerung gecrasht!' ‚Wenn der jetzt steckenbleibt!'

Ein lautes „Huch" entfuhr ihr, als sich der Aufzug ganz brav in Bewegung setzte.

Sekunden später hielt er an und die Türhälften schoben sich völlig geräuschlos auseinander.

Vorsichtig beugte sie sich nach vorne und prüfte den Flur, der nach links und rechts abging.

Alles war so, wie es sein sollte. Teppichboden, so weit das Auge reichte, geschmackvolle Tapete an den Wänden, dazwischen immer wieder Türlaibungen in exakt gleichem Abstand.

Rechts ganz hinten an der Stirnseite war ein wandgroßer Spiegel angebracht, links – sie hielt kurz den Atem an – war eine große 13 zu sehen.

Welch ein Abenteuer! Sie musste schnell ein Foto von sich und der 13 machen, sonst glaubte ihr das kein Mensch!

Rasch lief sie den Flur entlang, posierte vor der Nummer für ein Selfie.

Auf dem Weg zurück zum Aufzug nahm sie die Türnummern an der Seite kaum wahr. 1325, 1323, 1321, 1319 … bei der 1313 hielt sie kurz inne. Wie mutig! Sie grinste.

Als sie bei der 1301 angekommen war, stand sie direkt vor dem großen Spiegel am Flurende. Sie wirbelte herum und starrte auf die große 13, von der sie gekommen war. Dann lief sie zurück bis in die Mitte des Flurs.

Die Aufzugtür war verschwunden!

Der Page trat an den Tresen und murmelte: „Ich hab schon wieder Gepäck ohne Besitzer im Aufzug. Was mach ich damit?"

Der Portier starrte ihn an.

„Ein roter Rollkoffer mit passendem Beauty-Case?"

Der Page nickte. Sein Blick war gelangweilt und er zog mit dem Zeigefinger das Muster auf dem Tresen nach. Er sah erstaunt hoch, als der Kollege in die Halle stürzte, vor der offenen Fahrstuhltür stehen blieb und lange auf das Gepäck sah.

Sehr lange.

Dann drehte er sich langsam um und murmelte: „In die Gepäckaufbewahrung. Schnell. Der Fahrstuhl muss wieder nutzbar sein!"

Gleichzeitig machte er einen Schritt in die Kabine, blieb neben dem Rollkoffer stehen und betastete vorsichtig die Rückwand des Aufzugs. Als der Page den Koffer in die Halle gezogen hatte, bückte er sich und prüfte die Messingknöpfe auf der Tafel. Dann drückte er den obersten Knopf.

Die Fahrstuhltüren schoben sich lautlos aneinander und die Kabine setzte sich in Bewegung.

Bei der Fahrt nach unten hatte er auf jeden einzelnen Knopf gedrückt. Die Türen öffneten sich, die Türen schlossen sich, der Aufzug fuhr an. Immer wieder, genau wie es sein sollte.

In der Halle angekommen, ging er schnell zurück zu seinem Arbeitsplatz, hob den Telefonhörer und wählte die Zimmernummer der neu angekommenen Besitzerin des roten Gepäcks.

Er schüttelte sachte den Kopf und wischte sich über die Stirn, während er auf das Tuten im Hörer lauschte.

Er hatte sich verrückt machen lassen, nur weil eine schusselige junge Dame ihr Gepäck im Fahrstuhl vergessen hatte!

Wie unprofessionell von ihm.

Nach dem zwanzigsten Tuten ließ er den Hörer langsam sinken und starrte auf die Computeranzeige. Die Codekarte war noch unbenutzt. Die Dame hatte ihr Zimmer nicht betreten!

Rasch hob er den Hörer wieder ans Ohr, drückte eine Taste und flüsterte: „Chef, es ist wieder passiert!"

Sie drehte sich ganz langsam um sich selbst und prüfte noch einmal, was sie sah. Die große 13, eine Reihe von Zimmertüren, den großen Spiegel, und wieder Türen. Dreizehn auf jeder Seite.

Dass sie erst vor fünf Minuten aus einem vorhandenen und funktionierenden Aufzug ausgestiegen war und diesen Flur betreten hatte, passte nicht in ihr ,Keine-Panik-Konzept'.

Dass ihr Smartphone nach dem Selfie alle Funktionen eingestellt hatte und nur noch ein schwarzes Display anzeigte, noch viel weniger.

Sie hatte keine Ahnung, ob es eine Störung gab oder ob sie nur mal wieder vergessen hatte, rechtzeitig den Akku zu laden.

„Okay", sagte sie dann laut. „Wenn es keinen Aufzug gibt, muss es eine Treppe geben. Alles im grünen Bereich!"

Wie immer, wenn sie ihre Gedanken sammeln und mit ihren Ängsten klarkommen wollte, sprach sie laut mit sich selbst. Das mit der Treppe war gar nicht so doof.

27 Sekunden später stand sie wieder an der gleichen Stelle. Es gab auch keine Tür zu einem Treppenhaus.

Alle Türen waren eindeutig Zimmertüren mit einem goldenen Knauf und einem Kartenschlitz darunter.

Sie wühlte kurz in ihrer Jackentasche. Da! Sie hatte zwar ihr Gepäck im Aufzug stehen lassen – noch ein Beweis mehr, dass es ihn gegeben hatte – aber den elektronischen Zimmerschlüssel in die Jacke gesteckt.

1825 stand darauf.

Sie hob den Kopf und sah zur letzten Tür auf der linken Seite. Dann ließ sie den Blick wieder sinken auf die Karte mit dem Chip in ihrer Hand.

„Na denn", murmelte sie. Sie nahm einen tiefen Atemzug, straffte die Schultern und visierte die Zimmertür der 1325 am Ende des Flurs an.

Der Geschäftsführer des Hotels stand in der Tür der Gepäckaufbewahrung und kaute auf seiner Unterlippe.
Direkt hinter ihm wartete der Portier auf Anweisungen. Schließlich hielt er die Spannung nicht mehr aus.
„Soll ich die Polizei -"
„Nein!" Der Geschäftsführer hatte sich schnell umgewandt und sah ihm in die Augen. „Das hätten wir schon beim ersten Mal tun müssen!" Die Nasenspitzen der beiden Männer berührten sich fast und der Portier wich langsam zurück. Er ließ den Kopf sinken und murmelte: „Ja, das stimmt."

Mit leisem Klicken wurde das Türschloss freigegeben. Sie drehte den Knauf und öffnete ganz vorsichtig die Tür.
Der Beton-Fußboden, die kahlen Wände und die zugemauerten Fensteröffnungen waren ein krasser Gegensatz zu Tapeten und Teppichboden des Flurs.
Sie starrte in die Dunkelheit und hielt den Atem an.
Dieses Zimmer war noch im Rohbauzustand. Vorsichtig ging sie in den Raum. Rechts konnte sie eine Türöffnung sehen. Die Wölbung eines Badewannenrands schimmerte weiß im schwachen Licht, das aus dem Flur ins Zimmer fiel. Sie schluckte.
Ein kurzes Quietschen entfuhr ihr, dann begann sie hysterisch zu kichern. „Na, da ist sie doch, meine heiße Dusche!", japste sie dann und trat langsam näher, um zu prüfen, wie weit das Badezimmer fertiggestellt war.

Waschbecken, Wanne und Toilette waren komplett mit Armaturen vorhanden, Fliesen, Spiegel und Beleuchtung fehlten. Als sie testweise das Wasser am Waschbecken aufdrehte, tropfte eine dicke, braune Brühe auf das Porzellan.

Sie starrte in das Becken und schlich rückwärts zurück zur Tür und hinaus auf den Flur. Sie atmete stoßweise und das Lachen war ihr vergangen.

Der Portier wiegte den Kopf hin und her und vermied jeden Augenkontakt mit seinem Vorgesetzten.

„Die Dame damals, also die erste, die kam hier reingestürmt, als würde sie verfolgt. Als sie die Zimmerkarte hatte, rannte sie fast zum Fahrstuhl und drückte ganz hektisch auf alle Knöpfe. Dann kam die Kabine, sie ging rein – und war weg."

„Eben. Sie hat sich bei uns ein Zimmer genommen und kann ansonsten tun, was sie möchte! Das ist unser Job! Diskretion!"

„Ja, Chef. Schon klar. Aber sie kam ja nie im Zimmer an!" Der Portier seufzte tief.

Der Geschäftsführer starrte immer noch auf den roten Rollkoffer. „Ja, aber solche Dinge passieren nun mal. Wir sehen da ganz dezent drüber weg." Dann dreht er sich um und packte den Portier bei den Schultern.

„Wir warten erst mal ab. Ich muss nachdenken." Er wandte den Kopf zur Eingangshalle. „Sagen Sie – war es immer der gleiche Fahrstuhl?"

Der Portier nickte. „Ja, immer der mittlere."

Sie klopfte an jede der 26 Zimmertüren und rief „Hallo?".
Ihr Rufen wurde bei jedem Klopfen lauter, bestimmter und auch ein bisschen verzweifelter.

„HALLO?!!"

Es gab keine Antwort.

Sie begann ihre Runde erneut. Bei jeder Tür steckte sie die Schlüsselkarte in den Schlitz. Jedes Mal ein leises Klicken. Jedes Mal, wenn sie vorsichtig die Tür öffnete, sah sie in einen kahlen, unfertigen und dunklen Raum.

Die Seite mit den geraden Nummern hatte sie durch, jetzt begann sie auf der gegenüberliegenden Seite.

1301, 1303 … bei der 1313 hörte sie kein Klicken. Egal, wie oft sie es probierte.

Die beiden Männer standen vor dem Aufzug. Unauffällig, mit etwas Abstand. Beide überlegten, beide waren angespannt, keiner sagte ein Wort.

Als sich das nächste Mal die Türen öffneten, entfuhr dem Portier ein lautes Stöhnen. „Da … das ist sie!" Er zeigte auf die junge Dame, die mit weit aufgerissenen Augen in die Eingangshalle starrte, zwei Schritte aus dem Aufzug machte und plötzlich begann, ganz heftig zu weinen.

Beide Männer liefen auf sie zu, nahmen sie in die Mitte und geleiteten sie in das Büro des Geschäftsführers. Unter Schluchzen versuchte sie, zu erzählen, was passiert war.

„ … beide Knöpfe hab ich gedrückt und dann war ich in einem verlassenen Flur! Die 13! Ich war auf der 13!"

Der Portier hatte aufmerksam zugehört, richtete sich auf, nahm die Schultern zurück und marschierte direkt auf den mittleren Fahrstuhl zu. Der war gerade angekommen, Gäste waren ausgestiegen und der Portier trat ein.

Der Geschäftsführer und die junge Dame waren ihm in die Eingangshalle gefolgt und konnten gerade noch sehen, wie er mit Zeige- und Mittelfinger zwei Knöpfe drückte.

Dann schlossen sich die Türen.

Der Geschäftsführer räusperte sich. „Gleich werden wir hören, was es mit Stock 13 so auf sich hat. Das wird jetzt geprüft. Sie brauchen keine Angst mehr zu haben."

Die junge Dame hob langsam die Hand und starrte auf die Karte, die sie darin hielt. Dann hob sie den Blick.

„Er hat keinen Zimmerschlüssel mit, oder? Nur damit öffnet sich die Tür 1313 vor dem Aufzug. Ohne den gibt es von dort keinen Weg zurück!"

Geschrieben und eingereicht für eine Anthologie zum Thema „Hotel". Leider wurde sie nicht genommen. Warum wohl …?

Kardula mu

„Kalinichta, - kardula mu!" Kostas flüsterte die Worte ins Ohr seiner schlafenden Tochter. Ihre Augen waren verklebt, das Kopfkissen feucht, schon wieder hatte sie sich in den Schlaf geweint, wie schon seit vielen Wochen.

Sachte streichelte er mit dem Finger über die eingefallene Wange. Elenas Atemzüge kamen hart und stoßweise und als ein besonders heftiger Schluchzer ihren ganzen Körper beben ließ, brach es ihm fast das Herz.

Im vergangenen Herbst hatte sie ihn kennengelernt, diesen Urlauber aus Deutschland, der so fröhlich und charmant war und schon am dritten Tag morgens pünktlich bereitstand, um Elena beim Entladen des kleinen Lasters zu helfen.

Wenn Kostas seine Runde fuhr, um die Hotels und Pensionen im Ort mit Fleisch und Wurst zu beliefern, hatte er Elena gerne bei sich. Sie redeten und lachten und sangen miteinander und Elena hüpfte schon flink vom Beifahrersitz, noch bevor das Auto richtig stand. Sie packte die erste Plastikwanne von der Ladefläche und kam schon wieder aus dem Kühlraum zurück, bis Kostas richtig ausgestiegen war. Er brauchte für seine morgendliche Tour nur etwa halb so lange als sonst und er wünschte sich, Elena würde für immer bei ihm wohnen bleiben.

Eines Morgens war es dann passiert. Elena übersah einen Hotelgast, weil sie zwei Kisten übereinander gestapelt hatte, haute ihm die obere Kiste an die Stirn, und nur durch sein schnelles Zupacken wurde verhindert, dass der komplette Inhalt auf der Straße landete.

Und dann standen sie sich gegenüber. Jeder hielt eine Kiste und den Blick des anderen fest, und erst Kostas' Gebrummel beendete diesen magischen Moment.

Von da an war Rainer aus Deutschland jeden Morgen zur Stelle, wenn die Fleischlieferung kam.

Elena war es zuerst etwas peinlich, dann freute sie sich auf die tägliche Begegnung und schließlich nahm sie seine Einladung an. Zu einem Kaffee auf der Hotelterrasse. Es folgten noch viele.

Jede freie Minute verbrachte Elena mit Rainer. Zuerst die Nachmittage, dann die Abende und irgendwann auch die Nächte.

Kostas war verärgert.

Elena half ihm weiterhin bei seinen Lieferfahrten, aber sie hatte jetzt keine Zeit mehr, hinterher mit ihm die Mittagssiesta zu verbringen.

Nach der ersten Nacht, in der Elena weggeblieben war, baute er sich im Hauseingang auf und schimpfte laut und ausdauernd. Und dann verbot er ihr den Umgang mit diesem Deutschen.

Doch Elena war eine Griechin und mehr als verliebt – sie schimpfte zurück, stampfte mit dem Fuß auf, drehte sich um und ließ ihren verdutzten Vater einfach stehen.

Drei Wochen lang streifte Elena mit Rainer über die Insel, zeigte ihm die schönsten Fleckchen, sie schwammen in einsamen Buchten, lagen im Schatten der Olivenbäume und flüsterten sich liebevolle Dinge ins Ohr.

Dann stand Elena eines Morgens mit ihren zwei Kisten vor dem Hotel und niemand kam.

Auch später nicht, als sie wieder aus dem Kühlraum trat.

Auch viel später nicht, als sie nach der Liefertour in der Hotellobby saß und die Gäste beobachtete.

Als sie sich endlich ein Herz fasste und nachfragte, wusste sie es schon, noch bevor die Antwort kam.

Rainer war abgereist.

Elena war verwirrt, vermutete schlechte Nachrichten aus der Heimat als Grund zu der überstürzten Abreise. Dann wurde sie unsicher, weil er nicht mal einen Zettel für sie hinterlassen hatte, und als der Portier ihr nach langem Betteln bestätigte, dass der Pauschalurlaub völlig geplant zu Ende gegangen war, wurde sie wütend.

So wütend, dass ihr die Tränen kamen.

Dann verging die Wut ganz langsam – die Tränen blieben.

Inzwischen war es Februar geworden. Elena aß kaum noch und lachte noch seltener. Sie hatte versucht, Rainer zu vergessen, war mit Dimitrios ausgegangen und hatte ihn sogar geküsst.

Doch nachts träumte sie von dem frechen Lächeln ihrer Urlaubsliebe und hörte im Schlaf seine auswendig gelernte Liebeserklärung: „Su chariso tin kardia mu!"

Immer wieder hatte er ihr dies gesagt, beide Fäuste auf seine Brust gedrückt, mit schmachtendem Blick, bis sie beide in Lachen ausbrachen und er seine Arme um sie schlang.

An manchen Abenden, wenn Elena ganz traurig aussah und Kostas sie ganz fest in seine Arme nahm, erzählte ihm Elena von Rainer. Kostas wollte das alles eigentlich nicht hören, aber wenn Elena ihm ihr Herz ausschüttete, waren sich Vater und Tochter so nah wie nie.

„Und dann sagte er ‚Ich schenk dir mein Herz!', sogar auf Griechisch. Er hat das extra auswendig gelernt, Papa! Und dann verschwindet er einfach. Und statt mir sein Herz zu schenken, hat er meines mitgenommen. Es tut so so sehr weh, Papa. So sehr!"

Kostas nickte dann, weil er vor Rührung und Wut kaum sprechen konnte, streichelte ihren Rücken und gab ihr kleine Küsse auf's Haar.

Mitte März kam die Nachricht aus Deutschland. Kostas' Bruder hatte sich bei einem Autounfall ziemlich kompliziert das Bein gebrochen und er brauchte dringend Unterstützung in seiner Metzgerei in Frankfurt.

Kostas wusste, dass er helfen musste. Aber er wusste auch, dass er Elena nicht alleine lassen wollte.

„Dimitrios!" Sein Geselle richtete sich auf. Die frischen Würste baumelten von seinen Händen und er lachte über das ganze Gesicht.

„Dimitrios, ich muss nach Frankfurt. Du weißt, was hier zu tun ist, ich verlasse mich auf dich! Und ... sorg dafür, dass Elena wieder isst! Du passt auf sie auf, ja?"

Dimitrios' Lächeln verschwand und er nickte. Die Sache war ernst, das wusste er. Elena war so schrecklich mager geworden in den letzten Monaten und mochte nicht mehr mit ihm ausgehen. Er hatte sich solche Hoffnungen gemacht nach diesem einen Kuss, aber Elena beachtete ihn nicht. So sehr war sie gefangen in ihrem Kummer. Nicht nur ihr Vater machte sich große Sorgen.

Zwei Tage später stand Kostas auf dem Flughafen Paros und wartete auf den Aufruf der Passagiere nach Athen. Erst am späten Abend traf er in Frankfurt ein.

Am nächsten Morgen besuchte er Vassilios im Krankenhaus. Zusammen machten sie eine lange Liste mit all den Dingen, die Kostas wissen und beachten musste. Er schrieb und nickte, schrieb wieder und versuchte, sich alles zu merken, was Vassilios sonst noch erklärte.

Dann zeigte ihm die Schwägerin die Wurstküche und den Pickup, den er für die Fahrten zum Schlachthof und für die Auslieferungen des Caterings benutzen konnte.

„Halbe Schweine auf die Ladefläche in die Wannen. Die Wärmebehälter beim Catering hinter den Fahrersitz. Wir haben die Rückbank extra ausgebaut. Nicht verwechseln, hörst du? Die Kunden sind da empfindlich. Du bist hier nicht in Griechenland!" Kostas nickte.

Er hatte Heimweh.

Es war alles so fremd. Und kalt.

Selbst jetzt im März.

Elena fehlte ihm und der weite Blick über die Insel, die weißen Häuser, der Strand, das Meer.

Die erste Fahrt zum Schlachthof wurde fast zum Fiasko. Die zweispurigen Straßen machten ihn konfus und der ganze Papierkram dauerte endlos. Erst in der Wurstküche fühlte er sich wieder wohl. Da kannte er sich aus.

Die hier war allerdings edler als seine. Ganz viel Edelstahl, mit fein säuberlich aufgereihten Messern, einem elektrisch gesteuerten Kessel und großen Behältern mit Gewürzen.

Zwei Wochen später hatte er sich eingewöhnt. Er kannte inzwischen die schnellsten Wege, wusste, welche Formulare wichtig waren und welche nicht und Vassilios würde schon bald entlassen werden.

„Bis Ostern bist du zu Hause, Kostas, das versprech ich dir! Und ich geb dir die besten Stücke mit für die Majiritsa!"

Die Ostersuppe, die auf Paros traditionell in der Osternacht gegessen wurde, enthielt bestes Lammfleisch und Innereien. Kostas versuchte jedes Jahr, sein Rezept noch ein bisschen zu optimieren und Vassilios hatte versprochen, ihm dabei zu helfen.

Kostas pfiff vor sich hin, wechselte routiniert die Fahrbahn und bog in eine Seitenstraße ein. Er hatte schnell gelernt, dass derjenige, der das ältere Auto fuhr, automatisch Vorfahrt hatte. Keiner der Bankenschnösel wollte sich in sein Bonzenauto einen Kratzer einfangen.

Fahren und Hupen – so einfach war das Leben.

Er fuhr in den Hinterhof, parkte den Pickup schräg vor den Müllcontainern und begann, die Wärmeboxen auszuladen.

Eine Beförderung wurde gefeiert. Ein leitender Angestellter war ab heute stellvertretender Bankdirektor. Kostas' Aufgabe war, die Wärmebehälter zu platzieren, die korrekte Hitze einzustellen und das Fleisch in Portionen zu schneiden, wenn die Gäste eingetroffen waren. So blieb es schön saftig.

Seine Schwägerin konnte perfekte Braten machen, das musste man ihr lassen. Aber dass sie ihn, Kostas, bei solchen Anlässen in ein weißes Hemd mit schwarzer Fliege steckte und er sich eine rotkarierte Metzgerschürze vorbinden musste, fand er furchtbar albern. Aber egal, diese Feier war die letzte vor Ostern und dann war er wieder zu Hause auf seiner Insel und konnte anziehen, was er wollte.

Obwohl – er schmunzelte etwas, als er den Rollwagen mit den Wärmebehältern in den Aufzug schob – obwohl diese rot-weiß karierte Schürze schon was hermachte. Er besah sich im Spiegel, drehte und wendete sich und beschloss, die Schürze mit nach Paros zu nehmen.

Elena würde das gefallen.

Elena.

Wenn er mit ihr telefonierte, klang sie fast fröhlich, aber Dimitrios' Berichte sagten das Gegenteil.

Elena war noch schmaler geworden.

Die Fahrstuhltür schob sich auf die Seite und gab den Blick auf einen weiten Flur frei. Teppichboden. Beige. In einem Flur! Kostas schüttelte den Kopf.

Der Rollwagen lief schwer über die wollene Fläche, aber der Konferenzraum war nicht weit.

Kostas zog die Auftragsbestätigung aus der Mappe und prüfte Saalnummer und Stockwerk. Und grinste. Was er hier alles beachten musste und gelernt hatte! Das brauchte in Griechenland kein Mensch! Aber er hatte Vassilios würdig vertreten und darauf war er mächtig stolz!

Er drückte die Klinke, schob die Tür mit seinem Hinterteil auf und zog den Wagen hinter sich her.

Die Speisetische waren in U-Form gestellt, schon prächtig dekoriert und mit feinstem Porzellan gedeckt. Links an der schmalen Wand standen die Tische für das Buffet. Hier würde er aufbauen.

Bald waren alle Behälter platziert, die Verlängerungskabel verlegt und eingesteckt, die Goldrandplatten mit dem edlen Vorlegebesteck auf dem Damasttischtuch drapiert und die Teller in der Wärmebox versenkt.

Er sah auf die Uhr. Perfekt.

Gleich würden die ersten Gäste kommen, es war Zeit, das Fleisch aufzuschneiden.

Auf den unteren Boden des Wagens hatte er die weiteren Utensilien gepackt. Er zog den Edelstahlkoffer hervor, legte ihn vorsichtig auf den oberen Teil des Wagens und ließ die Verschlüsse aufschnappen.

Die drei Messer im Koffer waren Vassilios' ganzer Stolz. Handgearbeitet, die durchgehende Klinge mit feinstem Teakholz ummantelt und extrem scharf.

Kostas schob den Wagen vor den ersten Fleischbehälter. Routiniert schnitt er exakt gleich dünne Scheiben und dekorierte sie im Fleischsaft.

Ihm wurde warm.

Die raumhohen Fenster waren alle geschlossen, aber zwei davon waren verschiebbar. Sicher störte es niemanden, wenn er kurz durchlüftete. Der Essensduft war zwar verführerisch, hing aber auch schwer im Raum.

Er schloss die Behälter und schob die Fensterflügel zur Seite. Tief sog er die frische Märzluft ein.

Natürlich roch es hier, mitten in der Großstadt, nirgendwo so herrlich frisch wie auf seiner Insel, aber so weit oben in den Wolkenkratzern der Banken konnte man bei Westwind ein bisschen Taunus riechen.

Er wischte das Messer sauber und schickte einen letzten, prüfenden Blick über das Arrangement.

Perfekt.

Gerade als er das Messer wieder an seinen Platz legen wollte, öffnete sich die Tür hinter ihm.

Es war noch ein paar Minuten zu früh für die Gäste. Kostas drehte sich um.

„Ich bin im Moment ...". Er starrte auf den Mann, der eingetreten war und sich händereibend im Raum umsah.
„Prima! Alles bereit für meine Feier und meine Gäste!"
Kostas' Mund wurde trocken. Sein Atem ging schneller und flacher, er stand reglos.
Als Rainers Blick auf ihn fiel, veränderte sich dessen Gesichtsausdruck in Sekundenbruchteilen. Aus der Vorfreude wurde Erschrecken, dann Entsetzen, bis Rainer sich wieder im Griff hatte und ein joviales Lächeln hervorbrachte.
Man konnte es auch dümmliches Grinsen nennen, der Unterschied ist oft äußerst klein.
„Kostas! Alter Schwede – äh, Grieche! Wie kommst DU denn hierher? Und was macht das nette Töchterchen, wie hieß sie noch mal?"
Kostas Augen wurden schmal.
„Elena", flüsterte er. „Sie heißt Elena!"
Rainer schlug sich mit der Hand an die Stirn. „Elena, natürlich, wie konnte ich das vergessen. Aber so ist das manchmal mit den Urlaubshäschen, nicht wahr?" Sein Grinsen wurde anzüglich und sein Blick wurde schwärmerisch. „Wobei – sie war schon was Besonderes. Konnte gar nicht genug kriegen, die Kleine."
Kostas ging einen Schritt auf ihn zu.
Wortlos.
Dann noch einen.
Rainer hob die Hand. „Oh, bitte, nicht falsch verstehen. Ich mochte sie wirklich! Und war ihr treu, die kompletten drei Wochen!" Wieder dieses Grinsen.
Kostas hob die Hand. Er hielt immer noch das Messer. Die Klinge blitzte. Rainer wich zurück.
Sein Blick wurde unsicher, fast gehetzt.

„Kostas, was ..." Sein Blick irrte im Raum umher, suchte nach einem Ausweg.

Kostas machte zwei schnelle Schritte. „Du hast sie so sehr verletzt! Elena ist ...".

Rainer starrte auf die blitzende Klinge und wich zurück. „Kostas!"

Schon war er am offenen Fenster angekommen.

Kostas sah die Gefahr, streckte ruckartig beide Hände nach vorne, rief: „Nimm dich in Acht!"

Rainer sah nur das Messer in Kostas' Hand, machte einen Satz nach hinten, krachte mit den Oberschenkeln gegen das etwas zu niedrige Schutzgitter, ruderte kurz mit den Armen und war verschwunden.

Kostas starrte auf die Stelle, an der Rainer eben noch gestanden hatte, sah auf seine Hände, auf das Messer, wieder zurück auf das offene Schiebefenster.

Seine Gedanken rasten.

Er schob die Fenster zurück an den korrekten Platz, verstaute das Messer im Koffer, nahm den Rolltisch, schob ihn nach draußen, in den Flur, in den Fahrstuhl. Erst als sich die Aufzugtüren schlossen, atmete er tief durch um gegen das Zittern anzukommen, das seinen gesamten Körper schüttelte.

Im Eilschritt lief er zum Pickup. Kurz blieb er stehen, sah nach oben. Dort war irgendwo der Konferenzraum! Hier irgendwo musste Rainers Körper aufgeschlagen sein. Doch niemand war zu sehen. Weder tot noch lebendig.

Er klappte den Rolltisch zusammen, schob ihn vor den Rücksitz und schwang sich hinter das Lenkrad.

Als die ersten Gäste den Konferenzraum betraten, fädelte er sich in den Feierabendverkehr ein.

Zwei Wochen später stand Kostas auf dem Flughafen und prüfte die Abflugzeiten auf der riesigen Tafel über ihm. Vassilios saß neben ihm in einem Rollstuhl, den Gipsfuß samt Schiene brav hochgelegt, und ließ den Redeschwall seiner Frau über sich ergehen. Er hatte versucht, sich gegen den Rollstuhl zu wehren – ohne Chance. Der Fuß war seit Tagen etwas dick angeschwollen, weil Vassilios es sich nicht hatte nehmen lassen, ein kleines Lämmchen zu schlachten und die Innereien für den Transport im Flugzeug vorzubereiten. „Das Lammfleisch kann ich hier gut verkaufen. Aber die Innereien mag keiner. Du wirst daraus die beste Majiritsa machen, die es jemals auf Paros gegeben hat!" Schockgefrostet und in Folie eingeschweißt warteten Leber, Nieren, die Milz und ein Herz in der Kühlbox im Koffer auf den Start zum Einchecken.

Das Abfluggate wurde angezeigt und Kostas breitete die Arme aus, um seinen Bruder zum Abschied in die Arme zu schließen. Unter den kritischen Augen seiner Schwägerin bückte er sich schließlich zu Vassilios herunter, damit der nicht aufstehen musste und sein Bein brav schonte.

Die Brüder hielten sich lange in den Armen. „Danke für alles", flüsterte Vassilios und Kostas murmelte: „Ach was, ich hab zu danken! Ich hab so viel gelernt hier in Deutschland und nehme so Vieles mit!" Er dachte an die Kühlbox und an die wertvollen Fleischstücke, die sie enthielt.

Er hatte Dimitrios gleich entdeckt, als er aus dem Ausgang trat. Suchend sah er sich um. Wo war Elena?

„Ihr geht es nicht gut", murmelte Dimitrios und drehte seine Mütze verlegen in den Händen. „Ich hab es nicht geschafft, sie aufzumuntern."

Er hob die Schultern und verzog den Mund. „Ich bin froh, dass du wieder da bist!".

Kostas nickte. Es würde alles gut werden. Er war sehr zuversichtlich.

Das Wiedersehen mit Elena war herzergreifend und erschreckend zugleich. Sie freute sich so sehr, ihren Vater wieder zu sehen, aber ihre Augen blieben so traurig, dass Kostas tief aufseufzen musste.

Dies musste jetzt ein Ende haben!

Sofort verschwand er in seinem Schlachthaus. Gleich morgen, nach der Karfreitagsmesse, würde er die Ostersuppe ansetzen.

Er arbeitete lange und sehr sorgfältig. Er hatte die Folie gleich entfernt und die Stücke langsam auftauen lassen. Jetzt kochte er die Innereien im Ganzen, nahm sie dann aus dem Wasser und schnitt sie in kleine Stücke.

Zwiebeln, Dill und Petersilie gab er in den Sud, danach den Reis.

Am nächsten Abend weckte er Elena auf, die sich vor der Mitternachtsmesse noch etwas hingelegt hatte.

„Komm, mach dich hübsch!". Kostas zog sie vor den Kleiderschrank und öffnete ihn weit. Elena stand etwas ratlos vor der Auswahl ihrer Kleider und wählte dann das weiße mit den roten Blumendruck. Dieses Kleid hatte sie am letzten Abend mit Rainer getragen und seitdem nie mehr angezogen. Vielleicht war Ostern der richtige Zeitpunkt, mit der Vergangenheit abzuschließen.

Später saßen sie nebeneinander in der Kirche.

„Christos Anesti", schallte es durch den Raum und die vielen hundert Kerzen tauchten ihn in wunderschönes Licht.

Kostas und Elena wanderten danach schweigend nach Hause. Kostas ließ die Majiritsa aufkochen, bereitete die Ei-Zitronensoße zu und gab sie langsam zur Suppe.

Elena hatte in der Zwischenzeit das frische Weißbrot herbeigeholt und den Tisch gedeckt. Kostas stellte den Topf mit der Majiritsa dazu, drehte noch einige Male kräftig die Pfeffermühle über der heißen Suppe und gab dann einen ordentlichen Schlag auf Elenas Teller.

Elena setzte sich an den Tisch und nahm den Löffel in die Hand. Sie hatte keinen Appetit, aber ihr Vater würde ihr nicht verzeihen, wenn sie jetzt nichts aß.

Sie nahm einen Bissen, kaute, schluckte und es entfuhr ihr ein „Hmmm!". Kostas lächelte sie an. „Diese Suppe macht dich wieder gesund und froh, du wirst sehen!" Elena nickte.

Sie aß und aß, bald war der Teller leer und sie nahm sich noch einen zweiten. Die Suppe gab ihr Wärme von ganz tief innen und fast spürte sie so etwas wie Glück.

Kostas strahlte sie an.

Genauso hatte er sich das ausgemalt.

Seit diesem Moment, als er in Frankfurt nach seiner überstürzten Flucht beim Ausladen des Pickups Rainers Leiche gefunden hatte. Die war direkt in die Wanne für die Schweinehälften gestürzt.

Kostas war sofort klar, dass er sie verschwinden lassen musste. Es war nicht schwer, den Körper zu zerteilen und mit anderen Schlachtabfällen zu entsorgen. Vorher aber hatte er ein Teil sorgfältig ausgelöst, schockgefrostet und in Folie eingeschweißt.

Und später mit dem Herz des frisch geschlachteten Lämmchens vertauscht.

Und jetzt saß Elena vor ihm, lächelte und hatte rosa Wangen. Seit Rainer ihr sein Herz geschenkt hatte.

Veröffentlicht in:
"Sonne, Schüsse und Souvlaki"
Kulinarische Krimis aus Griechenland, garniert mit 16 Rezepten
Herausgeberin: Ingrid Schmitz
Verlag: Verlag der Griechenland Zeitung - Hellasproducts GmbH
ISBN-13: 978-3990210208

Majiritsa

1 kg Leber, Lunge, Nieren, Herz von der Ziege, Lamm, Hammel oder ersatzweise Schwein, Rind
½ kg Frühlingszwiebeln
1 Bund Dill
1 Bund Petersilie, glatt
2 EL Butter
3 Eier
3 Zitronen
Salz, Pfeffer
½ Tasse Reis

Die Innereien ganz kochen, dabei den Schaum abschöpfen, salzen und kurze Zeit kochen lassen. Dann aus dem Wasser nehmen. Den Sud aufheben, die Innereien in kleine Stücke schneiden. Den Sud abseihen und in einen großen Topf geben.

Die Zwiebeln in kleine Ringe schneiden, den Dill und die Petersilie klein schneiden und in den Sud geben. Wenn er kocht, den Reis zugeben.

Dann die Ei-Zitronensoße vorbereiten. Die Eier gut verquirlen, langsam den Zitronensaft zugeben. Mit einem Esslöffel Brühe von der Suppe nehmen und langsam in die Soße rühren. Nachdem mehrere Löffel von der Suppe unter ständigem Umrühren zugegeben wurden, die Soße in die Suppe einrühren.

Mit frischgemahlenem Pfeffer servieren.

Dazu passt frisches Weißbrot.

Ruhe in Frieden

Das Grab war ganz plötzlich da gewesen.

Am Rande der Wiese, die eigentlich ein Rasen sein wollte.

Eigentlich war es kein richtiges Grab. Das ist es erst, wenn ein Sarg mit einer Leiche darin vergraben ist, Blumen darauf gepflanzt sind und ein Grabstein verrät, wer hier seine letzte Ruhestätte gefunden hat.

Es war ein Loch.

Nur knapp eins siebzig lang, einen halben Meter breit und über einen Meter tief. Rechteckig, ganz korrekt ausgehoben.

Der Erdhaufen daneben war sauber aufgeschichtet und noch feucht.

Gestern hatte es dieses vorbereitete Grab noch nicht gegeben.

Tasha stand am Rand und starrte in die Tiefe. Ganz langsam nahm sie eine Strähne ihrer blauen Haare in den Mund und kaute darauf herum. Sie überlegte. Dann hob sie den Kopf und sah zurück auf die Terrasse des Ferienhauses.

Mama war ihr nicht gefolgt.

Keiner war zu sehen.

Tasha ärgerte sich jetzt über ihren Ausbruch beim Frühstück. Zuerst war die Familie doch recht harmonisch zusammengesessen, Mama, Papa und ihr Bruder Felix.

Aber dann …

Tasha, die eigentlich Tatjana hieß, diesen Namen aber abgrundtief hasste, litt manchmal selbst unter ihrer

Pubertät, die aus dem dreizehnjährigen Teenager in Sekunden eine tickende Zeitbombe machte.

Vorhin war es das falsche Brötchen gewesen, das Mama ihr hingehalten hatte. Aufspringen, den Stuhl mit der linken Hand wegschleudern, mit der rechten die Tischdecke runterreißen – beim Hinausstürmen auf die Terrasse hatte sie noch das Klirren der Kaffeebecher im Ohr.

Gestern war es der Warmwasserboiler gewesen, der im falschen Moment keinen Nachschub mehr lieferte. Die Duschgelflasche hatte sie gegen den Spiegel geschleudert, der allerdings dem Plastik standgehalten hatte. Nur Mamas Parfümflakon war von der Ablage in das Waschbecken gestürzt und dort in kleinste Scherben zerborsten.

Die Schramme im Waschbecken war fast nicht zu sehen, aber das Bad roch auch heute noch ‚wie im Puff!'.

Das hatte Papa gestern geschrien, als er ins Bad gestürzt war.

Und Mama hatte geheult.

Laut und verzweifelt.

Und heute Morgen war da ein Loch im Garten. Das ganz offensichtlich auf eine Leiche wartete.

„Tatjana muss den Schaden bezahlen! Das Parfüm und auch die zwei Kaffeebecher!"

Marion haute tatsächlich mit der Faust auf den Tisch. Ihr Mann Peter war überrascht – er kannte bisher nur ihre subtileren Attacken, aber daran war er schließlich selbst schuld.

„Und die Schramme im Waschbecken? Und der Kaffeefleck auf dem Teppich? Wir sind gerade mal zwei Tage hier und

Tati hat schon mehr Schaden verursacht, als der ganze Urlaub kostet!"

„Tati, Tati – Papis kleines Mädchen! Du hast sie verwöhnt und verzogen. Kein Wunder, dass sie uns allen auf der Nase herumtanzt! Aber wahrscheinlich gefällt dir das ja auch, oder?" Das folgende „mein Schatz" spuckte sie ihm fast vor die Füße.

Peter starrte sie an.

Sein Blick wurde weich. Sein Atem ging etwas schneller.

„Oh Gott, wenn du wütend bist, so richtig wütend, das ist fast so, wie wenn du die Peitsche nimmst! Komm ins Schlafzimmer, bitte!"

Marion stand auf.

Ihre Stimme war ganz leise und sanft, als sie zu ihm sagte: „Das bestimmst nicht du, das bestimme ich! Du wirst vorher diesen Rasen da draußen mähen und die Terrasse fegen."

Sie lächelte, ging ein paar Schritte auf das Küchenfenster zu und wies mit der Hand nach draußen. Dann stutzte sie.

„Da hat jemand ein Grab im Garten ausgehoben."

Peter schaute prüfend in das Loch. Marion hatte Recht gehabt. Es war eindeutig ein Grab. Abmessungen, die kerzengeraden Ränder, die Tiefe – ganz fachmännisch ausgehoben.

Peter überlegte.

Hatte Marion es satt? Hatte sie ihn satt mit seinen devoten sexuellen Vorlieben, wollte sie nicht mehr seine Domina sein? Hatte sie es satt, wie sehr er Tati verwöhnte und Felix seine Verachtung spüren ließ? Felix, Kunststudent, still, sanft, ätherisch in seinem Aussehen und seinen Bewegungen, ohne Durchsetzungskraft und Mumm in den

Knochen, Felix, der immer irgendwie im Hintergrund blieb, dabei aber doch ganz glücklich wirkte – Felix, der vielleicht mit seiner Mutter zusammen einen perfiden Plan geschmiedet hatte?

Diese einsame, griechische Insel, dieses Ferienhaus, weitab von jedem Trubel, nur Sonne, Natur, Strand und Meer – wessen Idee war das gewesen?

Sein Blick glitt über die ungepflegte Grasfläche hoch zum Haus. Oben, auf dem Balkon des Schlafzimmers, stand Marion. Sie trug ihren Lederbody und hielt die Peitsche in der Hand. Ihr Blick war auf das Grab gerichtet und sie lächelte sanft.

Peter spürte, wie das Ziehen in seiner Leiste schwächer wurde, als er Felix am Giebelfenster entdeckte. Der hatte von dort einen perfekten Blick auf seine Mutter, auf seinen Vater am Grab und auf seine Schwester, die hinunter zum Strand gegangen war.

Felix wich zurück. Er hatte den Blick seines Vaters förmlich gespürt. Verächtlich, wie immer. Nichts, was Felix tat und mochte, fand Gnade vor den kritischen Augen des Vaters. Das Studium war zu lang, zu teuer und zu erfolglos. Das hatte er schon viel zu oft gehört.

Dass sein ach-so-toller Vater regelmäßig bei seiner Frau um Schläge bettelte, wusste Felix schon lange, aber er war sich nicht sicher, ob seine Eltern wussten, dass er wusste …

Und jetzt stand sein Vater vor einem frisch ausgehobenen Grab und schaute zu ihm hoch. Es sah aus wie eine Aufforderung.

„Hier! Hops rein! Du Taugenichts!"

Felix lächelte. Das war typisch für seinen Vater. Sich vor das Loch zu stellen und so zu tun, als habe er es persönlich ausgebuddelt. Dabei wusste Felix, dass er es nicht gewesen sein konnte.

Später saßen Felix und Tatjana nebeneinander im Sand und warfen kleine Steinchen ins Meer.
„Tati, was weißt du von diesem Grab?"
„Ich heiße Tasha!"
„Jetzt lass den Scheiß und bleib mal beim Thema. Wozu wurde dieses Loch gegraben?"
Tati hatte mit den Händen ein Loch in den Sand gebuddelt und ihre Füße hineingestellt. Langsam schüttete sie Sand auf ihre Zehen, die Knöchel, den Ansatz der Waden.
Dann begann sie, den Sand festzuklopfen.
„Mama will mich loswerden. Glaub ich. Gestern das Parfüm, heute das Frühstück, morgen haut sie mir die Bratpfanne über den Schädel und wirft mich in das Loch. Gut ist!"
Mit einem heftigen Ruck riss sie ihre Füße aus dem Sand und zog die Knie an ihre Brust.
Felix sah zu ihr rüber.
Er hob die Hand, legte sie ganz sanft auf Tatis Rücken und flüsterte:
„Du spinnst doch. Keine Mama würde das tun. Niemals!"
Er begann ganz langsam, sie zu streicheln.
„Was ist mit Papa? Ich verprasse sein ganzes Geld mit meinem sinnlosen Studium. Sagt er doch immer. Ich hab mich schon gefragt, warum er mir diesen Urlaub finanziert. Es könnte doch sein …"
„Jetzt spinnst aber du!"
Tati hatte die Augen weit aufgerissen und starrte ihn an.
„Dann doch eher … aber das kann doch nicht sein."

Marion hatte den Lederanzug gegen ein leichtes Sommerkleid getauscht. Es hatte nichts funktioniert.

Sie hatte es am Ende sogar mit Schreien versucht, weil sie gesehen hatte, dass die Kinder beide weit unten am Strand saßen und es sonst weit und breit keine Zeugen gab.

Aber Peter hatte nicht reagiert.

Nichts an Peter hatte reagiert.

Irgendwann hatte er sich aufgesetzt und gefragt:

„Hast du dieses Grab ausgehoben? Für wen?"

Marion hatte ihm noch einen schnellen, kurzen Peitschenhieb verpasst und war gegangen.

Jetzt saßen sie beide auf der Terrasse, eine Flasche Weißwein zwischen sich, und schwiegen.

Irgendwann nahm Marion einen tiefen Schluck, stellte das Glas ab und sagte leise:

„Ich dachte eigentlich, du."

Peter sah sie an und schwieg. Dann sprach Marion weiter.

„Du oder Tati. Oder ihr beide zusammen. Du wolltest doch auf diese einsame Insel."

„Ich? Nein!" Peter schüttelte den Kopf. Immer und immer wieder.

„Wollte Felix nicht Abgeschiedenheit und Ruhe? Für seine Kreativität? Und wollte mich ganz kreativ um die Ecke bringen?"

„Quatsch!" Marion blies Luft durch ihre Lippen und machte eine wegwerfende Handbewegung. Weil sie noch ihr Weinglas hielt, verschüttete sie ein bisschen auf die Terrakottaplatten.

Sie betrachtete den entstandenen Fleck.

„Felix. Mein sanfter Felix, der Spinnen nach draußen trägt und Schnecken in den Nachbarsgarten wirft? Niemals!"

„Er hat Schnecken zu den Nachbarn rübergeworfen? Kein Wunder, dass die uns seit Jahren nicht mehr grüßen!"

„Jetzt bleib doch mal beim Thema! Und die Nachbarn grüßen nicht mehr, seit sie versehentlich ein Paket an uns entgegengenommen und geöffnet haben. Er fand die Peitsche toll und sie war nachhaltig entsetzt."

Marion begann zu kichern.

„Und ich bin ein klein wenig betrunken und finde es sehr lustig, dass wir darüber sinnieren, wer von unserer Familie jemand anderen von unserer Familie unter die Erde bringen will. Wir sind weder bei der Mafia noch bei den Montafons oder wie die heißen."

Sie kicherte lauter.

„Montague meinst du."

Peter nahm einen tiefen Schluck.

„Aber das Loch ist nun mal da! Und das war es gestern noch nicht!"

„Mama", Felix stand neben Marion in der Küche und füllte die Kaffeemaschine, „weißt du eigentlich, dass Tati denkt, du wolltest sie loswerden?"

Marion drehte sich ruckartig um. Sie sah übernächtigt aus. Trotz des Alkohols hatte sie lange nicht einschlafen können und war auch immer wieder aufgeschreckt. Peter hatte zwar ruhig neben ihr gelegen, aber sie hatte gesehen, dass er an die Decke starrte. Keiner hatte gesprochen.

Irgendwann war das Kichern verschwunden und hatte tiefer Ratlosigkeit und Furcht Platz gemacht.

„Ich dachte eigentlich, ich sei …".

Ihre Stimme war rau und leise, ihr Blick verzweifelt.

„Das Opfer?" Felix schüttelte den Kopf. „Keiner von uns kann dieses tiefe Loch gegraben haben. Wann denn, und womit?"

Später saßen alle am Frühstückstisch.
Schweigend.
Peter kaute an seinem Brötchen und ließ seinen Blick von Marion zu Felix schweifen und wieder zurück. Immer wieder. Als Felix irgendwann aufsah und sich ihre Blicke trafen, hielt er das nur kurz aus und senkte dann den Kopf.
Marion saß vor ihrem leeren Teller und holte mehrfach tief Luft, als wolle sie etwas sagen, atmete dann heftig aus und sah auf ihre Hände, die sie in ihrem Schoß ineinander verkrampft hatte.
Schließlich war es Tatjana, die das Schweigen brach.
„Ich halt das nicht mehr aus", schrie sie und sprang auf.
„Denkt doch mal nach! Wir sind – alle zusammen – am Sonntag hier angekommen. Am Montagmorgen sind wir – wieder alle zusammen – mit der Fähre auf die Nachbarinsel gefahren. Zum Einkaufen und Eis essen und Kirche angucken und Abendessen und …".
Ihre Stimme wurde leiser und sie sank auf ihren Stuhl.
„Wir haben uns gezankt und haben ständig diskutiert, wohin wir als nächstes gehen und welches das schönste Restaurant ist. Wir gingen uns auf die Nerven und jeder hat diese blöde Idee mit diesem Urlaub auf dieser kleinen Insel bereut. Aber wir waren Familie."
„Aber wir haben auch –"
„Ich bin noch nicht fertig, Felix! Als wir morgens loszogen, war dieses Loch noch nicht da! Als wir Montag nachts mit der letzten Fähre angekommen waren, war es dunkel! Und am nächsten Morgen -". Sie brach ab und sah in die Runde.

Marion sah sie an. Ihr Blick war weich und liebevoll.

„Ach, Tati, du hast ja so Recht!"

„Ich heiße Tasha! Merk dir das endlich!"

„Ja, Schatz, äh – Tasha, ich merke mir das, versprochen!" Peter räusperte sich.

„Wenn jemand Fremdes dieses Loch gegraben hat, als wir nicht da waren, sind wir in Gefahr!"

„Quatsch!" Felix schüttelte den Kopf. „Wenn uns jemand überfallen oder ausrauben wollte, oder sogar nach dem Leben trachtet – dann geht der hin und hebt erst mal vorausschauend ein Grab aus? Aber ich kann nicht behaupten, dass mir diese Sache gefällt. Aber Tat… - äh Tatschi – tschuldigung -"

„Gesundheit!" Marion grinste ihn an.

Dann kicherte sie. „Sie heißt Tasha, merk dir das endlich!" Jetzt kicherte auch Tati. „Ihr seid alle so doof!"

„Auf jeden Fall hat Tasha Recht!" Felix grinste in die Runde.

„Von uns hat das keiner gegraben. Wann denn? Womit denn?"

„Und wozu?" Peters Frage klang leicht dramatisch. „Wozu gräbt denn irgendjemand in diesem Garten ein Leichenloch?"

„Und für wen?" Tasha sprang auf. „Kommt mit!"

Sie lief nach draußen, auf die Terrasse und sprang alle Stufen auf einmal hinunter auf die Wiese. Dann lief sie an den Rand des Lochs, bückte sich, hielt sich an beiden Rändern wie an Barrenholmen fest und ließ sich in die Grube hinunter.

Als der Rest der Familie am Grab angekommen war, lag Tasha auf dem Rücken, die Hände gefaltet, die Augen geschlossen.

„Seht ihr? Ich bin die Kleinste der Familie, oder? Es passt haargenau für mich!", wisperte sie und versuchte dabei, die Lippen nicht zu bewegen.

„Großer Gott!! Was ist passiert?"
Am Gartentor war der Besitzer des Ferienhauses aufgetaucht und voller Entsetzen an den Grubenrand gestürzt, als er die Familie so still hatte in das Loch blicken sehen.
Dann hatte er Tatjana entdeckt.
„Gütiger Himmel! Gefallen? Gestürzt?"
Als er Tatis gefaltete Hände sah, wurden seine Augen ganz weit, dann grub er ebenfalls seine Finger ineinander und hauchte: „Tot?"

Lautes Gelächter schallte bald darauf von der Terrasse, als alle Geschichten erzählt waren.
Tati war aus der Grube herausgeholt, die große Menge Torf, die der Vermieter auf einem Hänger mitgebracht hatte, in die Grube hineingeschaufelt worden.
Gemeinsam hatten sie die Heidelbeerbüsche eingepflanzt und angegossen.
„Brauchen Erde sauer! Deshalb!"
„Aber so ein Riesenloch? Und so akkurat?" Marion hob ihr Glas und prostete dem Griechen zu.
„Erde ist hart. Wenn Costas, unser Gemeindediener, eine Leiche hier auf Insel hat, kommt Minibagger mit Fähre. Ich hab Costas gefragt, ob er mit Bagger mache kann Loch für Heidelbeeren und sauer Erde. Aber Costas kann nur Grab baggern. Wie sagen? Akkurat!"

Veröffentlicht in: „Mordsfamilie" Lauinger-Verlag 2022
ISBN: 978-3765000171

Der Krippenschnitzer

»Nehmen Sie den Hund da weg!«

Das heisere Flüstern des Mannes hinter dem Tisch war kaum hörbar und wurde vom Knurren des Labradors fast übertönt.

»Nehmen Sie den Hund da weg!«

Nach einem kurzen, trockenen Räuspern war der Wunsch jetzt lauter und besser zu verstehen. Es klang eher nach einem Befehl, aber die weit aufgerissenen Augen und fahrigen Handbewegungen zeigten die Unsicherheit des Mannes.

Dagmars »Platz!« war leise und bestimmt. Der Hund warf sich platt auf den Boden und schob seine Schnauze zwischen die Vorderpfoten.

Dagmar hob die Brauen, sah kritisch in die Augen des Mannes und fragte:

»Gut so? Kann ich jetzt weiter Ihre Sachen ansehen?«

Er hatte die Arme verschränkt, sah vor sich auf die Auslagen und nickte knapp.

Hunde waren eine Gefahr. Er wurde jedes Mal nervös, wenn ein Hund Reaktionen zeigte.

Dagmar beugte sich weiter nach vorne und schob ihre Lesebrille zurecht. Dann wies sie auf eine der Figuren. »Ist das Elfenbein?«

»Nein.« Der Mann drehte sich um und wandte ihr den Rücken zu.

Dagmar hob den Kopf, schüttelte ihn fast unmerklich und trat zwei Schritte vom Stand zurück. »Na dann eben nicht«, murmelte sie, nahm Leo an die Leine und schlenderte weiter.

Ein verführerischer Duft wehte von einer der Buden herüber. Es gab kleine Auflaufformen mit herrlichem Wintergemüse direkt aus dem Ofen. Der Raclette-Käse darauf war geschmolzen, trug eine zarte Kruste und roch einfach wunderbar. Dagmar gönnte sich eine Portion, gabelte im Stehen die knackigen Gemüsestückchen und überlegte.

Der Weihnachtsmarkt in Wetter war klein, aber wunderschön. Die allermeisten Stände hatten Kunsthandwerker angemietet, und die Auswahl an Glaskugeln und -figuren, Drehpyramiden aus dem Erzgebirge, Strohsternen und Plätzchenausstechern war riesengroß.

Einer der Stände zeigte Holzkrippen aller Art. Mächtige, die fast schon ein Kaninchen hätten beherbergen können, mit Außenanlagen, groß wie Esstische. Und kleine, ganz winzige, nicht größer als eine Kaffeetasse.

Alle sorgfältig aus Brettchen gebaut, mit geschnitzten Figuren aus naturbelassenem Holz, geschliffen und poliert, manche auch dezent bemalt.

Der Mann am Stand war kein guter Verkäufer. Er war wortkarg und misstrauisch, vermied Gespräche und nur selten wechselte eine der Krippen den Besitzer.

Und er mochte keine Hunde.

Dagmar atmete tief durch und beschloss, sich die Krippen am nächsten Wochenende genauer anzusehen. Und Leo dann zu Hause zu lassen.

Wie jeden Samstag wanderte sie acht Tage später auf die Anhöhe im Burgwald.

Der Weihnachtsmarkt dort auf dem Christenberg war winzig. Ein paar ausgesuchte Stände zwischen Kirche und Küsterhaus, mehr gab es nicht. Nicht mal einen Glühwein oder eine Bratwurst.

Der Christenberg lag zwischen Wetter und Ernsthausen mitten im Burgwald auf einem Bergrücken.

Schon etwa vierhundert Jahre vor Christus hatten die Kelten hier eine Siedlung errichtet. Später dann, zur Zeit der Sachsenkriege, wurde das Gebiet weiter befestigt und im 13. Jahrhundert als ‚Kesterburg' dem Dekanat Mainz zugeordnet.

Es gibt die Sage, dass die Kirche auf dem Christenberg eigentlich die älteste Kirche Hessens wäre, und die heidnischen Hessen dem Götzen Kastor einen Tempel erbaut und diesen Gott darin verehrt hätten, daher der Name Kastorburg oder Kesterburg abgeleitet wird. Bonifatius soll hier einst gepredigt und das Christentum eingeführt haben, wovon sein Fußabdruck etwa zweihundert Schritte von der Kirche entfernt Zeugnis abgebe.

Heute gehören Kirche und Friedhof zur Gemeinde Münchhausen. Auch wenn viele Gemeindemitglieder die weiten Wege hinauf auf den Bergrücken für Bestattung und Grabpflege scheuen, kommen doch ab und zu neue Gräber dazu.

Dagmar wanderte seit einigen Jahren regelmäßig zum Christenberg-Friedhof. Es gehörte inzwischen zu ihrem Leben, und sie hatte den Tod ihres kleinen Buben irgendwann zu ertragen gelernt. Das Grab weit oben im Wald, inmitten anderer uralter Gräber, unweit des geheimnisvollen Fußabdruckes, hatte sie irgendwie getröstet.

Sie wusste, dass der wortkarge Krippenschnitzer im alten Küsterhaus wohnte. Manchmal war er ihr schon begegnet, wenn er auf der Suche nach Hölzern, Steinchen und Moosen den Wald durchstreifte. Ein knapper Gruß, ein kurzes Nicken, mehr war nie zurückgekommen, wenn sie ihm ein freundliches »Guten Tag!« zugerufen hatte.

Aber nie war ihr aufgefallen, dass ihn der Hund gestört hatte. Im Gegenteil. Einmal, als Leo ohne Leine unterwegs sein durfte, hatte ihn der Mann sogar kurz gestreichelt.

Seine schroffen Worte am letzten Wochenende passten nicht so ganz.

Dagmar ging zum Grab. Ein dünnes Spitzendeckchen aus Schnee bedeckte Erde und Pflanzen. Der kurze Schauer hatte nicht gereicht für eine geschlossene Schneedecke.

Dagmar las wie jedes Mal die Angaben auf dem Stein. Und ihre Gedanken schweiften zurück. Zu dem heißen Sommertag, an dem die Beerdigung gewesen war. Dagmar hatte gefroren und geschwitzt gleichzeitig – an mehr konnte sie sich nicht erinnern.

Der Tag vor zwei Jahren war ihr besser in Erinnerung geblieben. Als sie am Grab angekommen war und eine tiefe Mulde vorgefunden hatte. Zerwühlte Erde, umgeknickte Pflanzen, eine unterhöhlte Grabumrandung. Sie hatte geschrien und Besucher waren aufmerksam geworden. Eine ältere Dame hatte sie tröstend in den Arm genommen und ihre Hand getätschelt. »Der Sarg ist eingebrochen. Das ist normal.«

Die Friedhofsverwaltung hatte alles wieder in Ordnung gebracht, der Schreck war eine ganze Weile geblieben.

Dagmar wandte sich ab und schlenderte über die Pfade hinunter zu dem Fahrweg zwischen Kirche und Küsterhaus. Sie wollte sich unbedingt diese eine Krippe noch einmal in Ruhe ansehen.

Sie trat an den Stand und grüßte. Der Mann nickte kurz und musterte sie. Dagmar wusste warum und was er suchte. »Der Hund ist zu Hause, keine Sorge.«

Der Mann nickte wieder und nahm einen Schluck aus seinem Becher.

Dagmar hatte die Krippe gleich wiedererkannt. Sie hatte knapp die Grundfläche eines Backblechs. Ein kleiner Feldweg führte vom Lagerplatz der Hirten zu der kleinen Hütte. Davor Ochs und Esel, dahinter standen Josef und Maria an einer Krippe. Darin lag eine fast schneeweiße Babyfigur. Krumme Beinchen, die winzigen Händchen zu Fäusten geballt, das Köpfchen leicht zur Seite gelehnt, und Dagmar meinte sogar eine kleine Flunsch zu erkennen, die das Baby zog.

Sie lächelte.

Dieses Christkind war so wunderschön. Und kaum größer als ihr Daumen.

Sie hob den Kopf. »Was kostet die?«

Der Mann starrte sie an. Dann schüttelte er langsam den Kopf. »Ich verkaufe Ihnen diese Krippe nicht. Das … das geht nicht.« Dagmars Blick wurde kritisch. »Warum?« Sie sah wieder auf die kleine Figur. Ihr Blick wurde weich.

»Ich hätte sie so gerne! Bitte!« Sie hob die Hand und streckte den Zeigefinger aus. Vorsichtig schob sie ihn in Richtung Krippe und fragte wieder: »Ist das Elfenbein?«

»Nein! Fassen Sie es nicht an! Tun Sie das nicht!«

Dagmar zuckte zurück. Sie war verwirrt und enttäuscht. Plötzlich stand der Mann neben ihr, schob sie zur Seite und ließ die große Klappe, die wie ein Dachüberstand festgezurrt war, herunterkrachen. »Ich schließe jetzt. Gehen Sie!«

Als er später ins Küsterhaus zurückging, schüttete er sich mit zittrigen Fingern einen großen Schnaps in seinen Becher. Er atmete flach und hektisch. Sie würde keine Ruhe geben, das wusste er. Aber er konnte ihr diese Figur nicht verkaufen.

Nicht ihr.

Eine Woche später stapfte Dagmar im hohen Schnee hinauf zum Christenberg. Es war kalt und sie rieb ihre Hände aneinander, um ihre Finger wieder warm zu kriegen. Sie hatte ihre Fäustlinge vergessen und beim raschen Aufstieg Armfreiheit gebraucht, um das Gleichgewicht zu halten und weiter ausschreiten zu können.

Jetzt schob sie die kribbelnden Finger in die Jackentaschen. Sie wandte sich um und ging an den uralten Gräbern direkt an der Kirche entlang.

Eines davon war auch ein Kindergrab.

,Johann Jakob Koch' stand darauf.

Und das Todesdatum: 7. Mai 1753. Mit drei Jahren war der Bub gestorben. Das hatte sie beim Studieren und Entziffern der Grabinschrift herausgefunden.

Sie spürte die Schritte neben ihr mehr, als sie sie hörte.

»Schlimm«, flüsterte die Stimme des Mannes neben ihr. »Kindergräber sind schlimm.«

»Ja.« Dagmar nickte und seufzte tief.

Stumm standen sie eine Weile nebeneinander und starrten auf den Grabstein.

»Warum verkaufen Sie mir dieses Christkind nicht?« Dagmar stellte die Frage fast mehr an sich selbst als an den Mann neben ihr.

Die Antwort passte nicht und schien auch nicht für sie bestimmt.

»Ich hatte auch einen Sohn. Hannes. Er starb auch mit drei Jahren. Im Mai 1953. Aber ich habe kein Grab. Deshalb komme ich hierher.«

Dagmar begann, von einem Fuß auf den anderen zu wechseln. Sie spürte ihre Zehen nicht mehr und in einer halben Stunde würde es dunkel werden.

»Ich muss los.« Sie drehte sich halb zur Seite und sah dem Mann ins Gesicht. »In einer Woche ist Heilig Abend. Ich komme mittags wieder. Es muss nicht die ganze Krippe sein. Nur der Stall. Oder die Figuren von Josef, Maria und dem Kind.« Sie zögerte kurz. »Oder auch nur das Baby. Bitte!«

Der Mann wandte sich ab und schritt langsam hinunter zum Weg. »Kommen Sie!«, murmelte er dabei und nickte immer wieder.

Dagmar zögerte. War das die Aufforderung ihm zu folgen, oder die Bestätigung, dass sie Heilig Abend kommen und die Krippe würde kaufen können?

Sie ging hinter ihm her, schließlich musste sie auch hinunter zum Fahrweg zwischen Kirche und Küsterhaus, um den Heimweg anzutreten. Dort angekommen, öffnete er die Haustür, drehte sich zu ihr um und machte eine weite Armbewegung. Es war wohl einladend gemeint, sah aber eher aus wie beim Scheuchen einer Schafherde.

Dagmar machte einen Schritt auf ihn zu und lächelte. Kurz überschlug sie den Inhalt ihrer Geldbörse. Sie war nicht auf einen Einkauf vorbereitet, eher für eine kurze Einkehr unterwegs. Sie würde auch die große Krippenanlage nicht tragen können, aber das war erst mal egal.

Sie trat ein.

Und sah sich suchend um. Ein Herd, ein altes Sofa, ein Esstisch und weiter hinten ein Alkoven mit einem Bett darin. Es waren weder Werkzeuge noch Bauteile zu sehen. Auch keine Schnitzspäne auf dem Boden und keine Farbtöpfe in den Regalen.

Der Mann bemerkte ihre Blicke und deutete auf eine niedrige Tür in der Ecke. »Die Werkstatt ist da. Möchten Sie einen Tee?« Dagmar nickte.

Die Situation war skurril und gleichzeitig so selbstverständlich. Warum sollten zwei trauernde Eltern nicht miteinander einen Tee trinken? Dann würde sie eben im Finstern zurück nach Ernsthausen wandern. Sie kannte den Weg und die Nacht war sternenklar.

Schon klapperten Geschirr und Teekanne, bald pfiff der Wasserkessel auf dem Herd, ein Bündel Kräuter landete mit Schwung auf dem Kannenboden und ein Schwall heißes Wasser ließ wunderbare Düfte hochsteigen.

Dann saßen sich die beiden gegenüber. Schweigend.

Als der Mann sich herüberbeugte, um Tee einzugießen, bemerkte Dagmar ein Amulett an seinem Hals. Kunstvoll geschnitzt, wie geflochtene und verschlungene Spaghetti. Es hatte auch die gleiche Farbe. Dagmar verkniff sich die Frage nach dem Material. Der Mann sah ihren Blick und schien auf ihre Worte zu warten. Er entspannte sich spürbar, als sie weiterhin schwieg.

Eine Weile starrte jeder in seinen Teebecher, nahm zuweilen einen Schluck und musterte dann wieder die Maserung des Holztisches. Die Zeit schien stillzustehen.

Dann hob der Mann eine Hand an seinen Hals, befühlte kurz das Amulett und sagte: »Das ist, als wäre er noch bei mir. Auch wenn es das falsche Grab...«

Er brach ab, stand auf, winkte sie zu dem alten Küchenbuffet und öffnete die mittlere Schublade. Aneinandergereiht lagen hier Amulette in unterschiedlichen Größen und Formen. Alle weiß und hart – wie aus Elfenbein.

»Welches?«, fragte der Mann und sah Dagmar in die Augen.

Sie wandte den Kopf, beugte sich über die Schublade und wies, ohne zu zögern, auf eines der Amulette. Es war nicht das Größte, nicht das Kunstvollste, nicht das Schönste, aber trotzdem gab es für sie keinen Zweifel.

Der Blick des Mannes wurde fahrig. Er sah zu Boden, zur Schublade, zu Dagmar, dann auf die Teekanne.

»Trink deinen Tee!«, murmelte er dann.

Wieder schwiegen sie lange. Starrten in ihre Tassen, ließen ihre Gedanken schweifen.

Endlich fragte Dagmar. »Das ist kein Elfenbein, nicht?«

Ihre Stimme war kratzig und rau.

Der Mann schüttelte den Kopf.

Dagmar flüsterte: »Aber ganz ähnlich. Kein Holz. Härter.«

Kurzes Nicken.

»Hunde sind ein Problem...« Sie stockte. »Es sind Knochen?«

Wieder ein Nicken. Ein trauriger Blick.

Dagmar schluckte hart und stellte mit zittrigen Fingern die Tasse auf die Tischplatte. »Keine Tierknochen...oder?«

Der Mann stand auf, griff in die Schublade, legte das Amulett vorsichtig neben Dagmars Tasse. »Da! Nimm es und trag es.«

Auf dem Weg zur Werkstatttür drehte er sich kurz um und flüsterte: »Ich hole dir jetzt dein Christkind. Dein Baby.«

Original-Grabinschrift – zu finden an einem der Gräber an der Kirche:

> Hier Ruht Johan(n) Jacob Koch /
> deß Ehren geachten Johanneß /
> Kochß Söhnlein, War in ano /
> 1750 zur Welt gebohrenn /
> D. 20 mey, Dis pflanßlen ist /
> in Himelß lust garte Eirs gesetzet /
> Im jahr Christi 1753 D 7 mey /
> Hab ich Valleet genommenn. /
> In der Jugent von der Welt /
> Bin nun zu der ruhe komen, die mein Jessus mir bestelt /
> in dem schönen Himels Schlos. Ruhe sanft in Gottes schos /
> Hab mein letzt kämpf voll bracht, Libste Eltern gurte
> nacht / .

Veröffentlicht in:
"Hessisch kriminelle Weihnacht"
Verlag: Ulrich Wellhöfer (20. September 2017)
ISBN-13: 978-3954282272

Rezept für buntes Wintergemüse

Bunt gemischtes Wintergemüse (Zwiebeln, Karotten, Fenchel, Petersilienwurzel, Rosenkohl, Pastinake, Lauch, Kohlrabi, Paprika – je nach Vorlieben) und Steinchampignons putzen und klein schneiden (Scheiben, Würfel, Streifen).

In der Pfanne:
Etwas Fett in eine hohe Pfanne geben, das Gemüse einfüllen und anbraten.
Mit Salz, Pfeffer, Knoblauch, Rosmarin, Thymian, Basilikum würzen.
Nach etwa fünf Minuten (die Pilze ziehen Wasser, daher brennt nichts an) drei Esslöffel Schmand und 200 ml Sahne dazugeben. Umrühren, Deckel drauf, bei kleiner Hitze noch ca. 10 Minuten köcheln lassen, bis das Gemüse bissfest ist.
Mit Baguette oder Pellkartoffeln servieren.

In der Auflaufform:
Gemüse in eine Auflaufform geben.
Je nach Wunsch Scheiben oder Würfel von gekochten Kartoffeln dazu geben.
Mit Salz, Pfeffer, Knoblauch, Rosmarin, Thymian, Basilikum würzen. Drei Esslöffel Schmand und 200 ml Sahne darüber geben. Mit einer Schicht Raclette-Käse bedecken und bei 180° 35 – 40 Minuten im Ofen überbacken.

Fleisch

Es war etwas schwierig gewesen, das Trafohäuschen nicht nur komplett lahmzulegen, sondern so zu zerstören, dass auch einige der unterirdisch verlegten Stromleitungen komplett verschmorten.

Mit Flugblättern und Lautsprecherwagen waren die Bewohner des Stadtteils informiert worden, dass es für mindestens 72 Stunden keinen Strom geben würde.

Die vorhandenen Notstromaggregate waren für den Supermarkt, eine Arztpraxis und die Hamburger-Kette reserviert worden - für Privathäuser waren keine Kapazitäten mehr frei.

Er hatte gewusst, dass es etwas unbequem werden würde.

Ihm fehlte sein Kaffee am Morgen, und die Dusche mit kaltem Wasser hatte er am zweiten Tag gleich ausfallen lassen.

Jetzt stand er mit einer großen Plastikwanne in der Schlange, um den Inhalt seiner Tiefkühltruhe abzuliefern. Bevor die Geräte durch den Verwesungsgeruch des auftauenden Fleisches unbrauchbar werden würden, hatte die Stadt Sammelwagen losgeschickt, bei der die Bewohner die bereits angetauten Lebensmittel abliefern konnten. Das Fleisch würde in der Tierverwertungsanlage verbrannt werden.

Ersatz gab es natürlich nicht.

Die Wanne war schwer, und er schob sie mit dem Fuß vor sich her.

„So viel Fleisch! Obwohl Sie doch alleine sind, seit ..."

Er drehte sich zu der Stimme um und fixierte die Frau mit hartem Blick. „Was?"

Die Nachbarin von gegenüber schluckte kurz. Die Bemerkung war ihr so rausgerutscht, und sie versuchte, den peinlichen Moment zu retten.

„Na ja, ich meine, Ihre Frau ist vor zwei Jahren ausgezogen und – äh ..."

Sofort hatte er die Gefahr erkannt.

Neugierige Blicke und Rückschlüsse waren ein Risiko.

Er schätzte ihre Größe auf etwa einsfünfundfünfzig, und sie war dick. Nein, fett. Sehr fett. Quasi quadratisch.

Es würde nicht funktionieren.

Und er wollte nicht wieder diese Sauerei in seinem Keller haben. Tagelang hatte er gespült und gewischt und desinfiziert – das war also keine Option.

Er schaltete sofort in den eloquenten Modus und lächelte den Klops an.

„Ach wissen Sie, ich hatte zu lange nur von belegten Broten gelebt. Jetzt hab ich endlich einen Kochkurs gemacht. Braten und Steaks und Suppe – das alles kann ich jetzt kochen. Und dann bin ich gleich mal einkaufen gegangen."

Er hob kurz die Schultern. „Vielleicht hab ich es etwas übertrieben vor lauter Begeisterung. Und jetzt landet alles in der Verbrennungsanlage. Das ist so schade."

Er schüttelte den Kopf und seufzte.

Dann schob er die Wanne wieder einen Meter nach vorne.

Die Frau zeigte auf ihren Korb und nickte.

„Ja, es ist so schade um all das gute Essen, nicht?"

Sie hatte den Kopf etwas schief gelegt und zwirbelte eine Locke um ihren Zeigefinger.

Sie flirtete!

Er konnte es kaum fassen. Dieses fette Etwas mit ihrem Korb voller Tiefkühlpizza und Zwei-Liter-Eisboxen blinkerte ihn an und leckte kurz über ihre Lippen.

Er wusste, dass die verräterischen Pakete unten in der Wanne lagen. Selbst wenn die Auftauphase so weit fortschreiten sollte, dass sich die Eisschicht der Plastikfolie auflöste und durchsichtig wurde, würde man nichts erkennen. Der kritische Moment war das Auskippen der Wanne in den Trichter des Sammeltanks.

Die Wanne war zu schwer, auskippen würde nicht funktionieren. Er hatte deshalb Handschuhe mitgenommen, um die Pakete einzeln herauszunehmen und einzuwerfen.

Er schwitzte.

Und überlegte blitzschnell.

„Was essen wir beiden Hübschen denn heute Abend, wenn all unsere Tiefkühlschätze entsorgt sind und die Küche sowieso nicht funktioniert?"

Er ließ seine Augen langsam über ihren Körper wandern, sah dann wieder hoch und fing ihren Blick. Sie keuchte und ihre Unterlippe bebte heftig. „Ich ... ich w...weiß nicht!"

Er schaltete seine Stimme auf die laszive Frequenz.

„Pass auf. Du gehst jetzt nach Hause, bestellst eine supergroße, leckere Pizza für zwei und wartest auf mich. Ich entsorge die Sachen und komme dann nach."

Er deutete auf seine Wanne und ihren Korb. Sie nickte heftig und strahlte ihn an.

Dann drehte sie sich um und lief davon.

Als er die ersten Pakete aus der Wanne gehoben und eingeworfen hatte, konnte er durch die Folie der zweiten

Schicht einen Fuß erahnen. Niemand war in der Nähe, und er atmete tief durch.

Blöder Fehler, durchsichtige Gefrierbeutel zu verwenden.

Seine Idee, den Inhalt seiner Tiefkühltruhe endlich loszuwerden, war so genial gewesen – aber er hatte nicht mit einer Warteschlange gerechnet.

Er wandte sich um und sah die Straße hinunter zu seinem Haus.

Den Fleischberg aus seinem Keller war er gerade losgeworden, jetzt wartete ein neuer im Haus gegenüber.

Langsam ging er los.

Erst mal Pizza essen. Dann würde er weitersehen.

Veröffentlicht in:
"Blitzsauber"
Verlag: crimetime (15. September 2020)
ISBN-13: 978-3981374933

Kartoffelgrün

Lange starrte er auf das Haarbüschel in seiner Hand. Dann versuchte er, alles wieder ordentlich an seinen Platz zu drapieren.

Automatisch wischte er sich die Hand am Kittel ab, obwohl er Handschuhe trug, und griff zum Telefonhörer. Die Wählscheibe des Apparats klackerte ein paar Mal zurück in die Ausgangsposition, dann hörte er das Tuten im Hörer.

„Ja?"

„Ich bin's." Er wusste, dass seine extrem tiefe und raue Stimme am anderen Ende sofort erkannt worden war, und legte deshalb nach einem: „Du musst sofort herkommen!" wieder auf.

Er hatte noch nie versucht, die Gerüchte um angebliche Whisky- und Zigarettenexzesse aufzuklären. Er mochte den leicht verruchten Touch, den das Rätsel um seine Stimme seiner Person gab.

Eine nicht ausgeheilte Stimmbandentzündung – wie langweilig!

Ein leitender Arzt einer Kurklinik, der abends Zitronengras-Tee trank und Hesse las – wie langweilig!

Da war ihm diese Lee-Marvin-Aura bedeutend lieber. Nur zu Cowboystiefeln hatte er sich bis jetzt noch nie aufraffen können. Die schienen ihm dann doch zu unseriös.

Der Bürgermeister der Kurstadt stürmte in den Raum. „Was soll das? Du kannst mich doch nicht einfach so rumkommandieren und auflegen, wann es dir passt!"

Der Arzt zeigte nur auf die Edelstahl-Bahre. „Kurt, sie verliert Haare. Büschelweise. Das ist nicht normal!"

Kurt Hoffmann machte drei schnelle Schritte auf den Untersuchungstisch zu, blieb dann aber doch in einigem Abstand stehen.

„Na und? Manfred, sie ist tot!"

Frau von Hofstätten war am Tag zuvor leblos in ihrem Radonbad gefunden worden.

Sie war eine der reichen Damen, die sich für einige Monate in Bad Brambach einquartiert hatten, um mit einer speziellen Entsäuerungs-Diät und täglichen Radonbädern den Alterungsprozess aufzuhalten.

Die Radon-Bade- und Trinkkuren stärkten das Immunsystem, wirkten gegen Gicht und Gelenkschmerzen, regelten die Verdauung und pflegten die Haut.

Zumindest stand dies in allen Prospekten des Kurortes.

Aus naturwissenschaftlicher Sicht war die Wirkung nicht nachweisbar. Es gab sogar Empfehlungen, dass die Radioaktivität von Radon – auch wenn sie äußerst gering war – für Kinder, Jugendliche und Schwangere nicht außer Acht gelassen werden sollte.

Der Kurarzt und der Bürgermeister standen links und rechts am Kopfende der Bahre und starrten auf Josefine von Hofstätten herunter.

Manfred Berger hob die Hand, fuhr durch die grauen Locken und hielt dann seine Finger vor Kurts Nase.

Jetzt starrten beide Männer auf das große Haarbüschel.

„Schon wieder!", stöhnte dann der Bürgermeister auf, rieb sich mit der Hand über Stirn und Kinn und dann durch seine Haare, um gleich darauf panisch auf seine Hand zu starren, ob vielleicht auch dort schon Haarbüschel zu finden waren.

„Schon wieder!", bestätigte der Arzt. „Sie hat keine Angehörigen und wir könnten die Leiche zur Feuerbestattung frei geben, aber …"

„Aber was? Willst du alles hier stilllegen? Die ganze Stadt lebt von dem Kurbetrieb! Wenn die Radonkuren auch nur ein winziges Bisschen in Verruf kommen, können wir einpacken! Alle! DU auch!"

Dr. Berger nickte. Er wirkte erschöpft und ratlos, hob die Schultern und schüttelte dann den Kopf.

„Kurt … das ist die zweite alte Dame, die ich in diesem Jahr ertrunken aus einer Radonbadewanne ziehe! Und die zweite, der die Haare büschelweise ausfallen! Ich KANN das nicht einfach ignorieren und so weiter machen wie bisher!"

Kurt Hoffmann holte tief Luft und wollte direkt etwas erwidern, doch dann senkte er den Kopf und schien komplett einzusinken.

„Du hast Recht.", flüsterte er dann.

Sein Blick schweifte über das weiße Laken, hoch zum Schopf der Dame, auf ihre verstrubbelten Haare, die teilweise neben ihren Ohren auf dem Edelstahl lagen.

Dann musste Hoffmann trotz allem lächeln.

„Aber gut sieht sie aus. Guck doch mal, wie rosig und faltenfrei ihr Gesicht aussieht. Und die roten Lippen – ist das Lippenstift?"

Berger beugte sich über die Leiche und prüfte ihren Mund. „Nein, das ist echt! Seltsam. Außerdem riecht sie nach Knoblauch." Berger richtete sich auf. „Das kann doch gar nicht sein – sie machte doch Entsäuerungsdiät mit Pellkartoffeln!"

Wenig später waren beide Männer in unterschiedliche Richtungen unterwegs.

Beide waren angespannt und verfolgten klare Ziele.

Berger sprach kurz darauf mit der Leiterin der Klinikküche. Je länger er auf sie einredete, desto fahriger wurden ihr Blick und ihre Bewegungen.

Endlich gestand sie: „Ja – ich hab die Pellkartoffeln manchmal abgewandelt. Das kann doch kein Mensch jeden Tag essen! Dann hab ich Eingeschnittene gemacht – ist doch das Gleiche!"

„Aber nicht bei einer Diät!" Berger schüttelte entsetzt den Kopf. „Das viele Fett! Das macht doch alles wieder kaputt! Womöglich noch mit Speck und Zwiebel und Knoblauch?"

Die Köchin hob den Blick. „Ein bisschen Zwiebel schon ab und zu. Aber Knoblauch? Nie!"

Hoffmann war unterwegs zur Kurverwaltung. Er wollte die Ergebnisse der Wasseruntersuchungen aus den letzten Wochen einsehen.

Die Sekretärin schob den Ordner auf den Tresen, leckte kurz an ihrer Zeigefingerspitze und beugte sich weit nach vorne, damit Hoffmann beim Blättern die einzelnen Seiten gleich mit ansehen konnte.

Er schwitzte. Für einen Moment war es ihm so vorgekommen, als habe er – durch den Spalt zwischen ihren Brüsten und dem Spitzenstoff des Büstenhalters – ihren Bauchnabel sehen können.

Immer wieder glitt sein Blick in ihr Dekolleté, um diesen Verdacht zu überprüfen. Er hatte sich nicht unter Kontrolle.

Schließlich packte er den Ordner und wandte sich um. „Ich nehm' den mit!", knurrte er kurz über seine Schulter.

Kurz darauf war Krisensitzung in seinem Büro. Er hatte Berger angerufen und zu sich zitiert.

„Warum hat das so lange gedauert? Warum gehst du nicht ran?"

Berger lehnte sich zurück, faltete die Hände über seinem Gürtel und schaute auf seine wippenden Schuhspitzen. Dann lächelte er und sah Hoffmann direkt in die Augen.

„Mein Telefon klingelt so schön!"

„Was?" Hoffmann starrte ihn an.

Bergers Lächeln wurde breiter. „Ganz viele haben jetzt diesen nostalgischen Klingelton auf ihren neumodischen Telefonen, die aussehen wie eine Tafel Schokolade. Aber das klingt nicht! Diese echten Schellen sind aus Metall, haben einen Klöppel und einen Resonanzkörper aus Bakelit!"

Hoffmann schluckte. „Und du hast einen Schuss! Immer schon gehabt. Klöppel ... was ist mit dem Knoblauch?"

Berger hob die Schultern. „Nichts. Keine Ahnung, wo das herkommt." Dann beugte er sich nach vorne. „Was sagen die Radonwerte der letzten Jahre? Haben uns die Tschechen was ins Grundwasser gepanscht oder ist alles gut?"

Hoffmann schob ihm den Ordner offen über den Tisch. „Genau das war auch meine Befürchtung. Egal, in welche Richtung, Westen, Osten oder Süden, überall sind wir nach höchstens drei Kilometern in Tschechien. Ich hatte schon gedacht, die hätten vielleicht ein atomares Endlager an unsere Grenze gepackt oder so."

Berger zog den Ordner zu sich ran. „Und, haben sie?"

„Keine Ahnung! Auf jeden Fall tropft nichts Auffälliges in unser wertvolles Badewasser. Alles gut. Die Radonwerte sind seit Jahren exakt gleich."

Bergers Stimme wurde noch eine Nuance tiefer.

„Das heißt, wir haben Nichts. Gar nichts. Dann gehen wir von einem Zufall aus und ich gebe die Leiche frei. Den Totenschein habe ich schon vorbereitet."

Hoffmann nickte, schlug den Ordner zu und lehnte sich zurück. „Ich glaube, ich könnte jetzt einen Schnaps vertragen. Du auch?" Berger winkte ab. „Soll ich dir erzählen, was Alkohol in deinem Körper alles anstellt? Dann willst du keinen mehr."

Berger zog die rechte hohe Schublade an seinem Schreibtisch auf, holte eine Flasche Bärwurz und ein Glas heraus und goss sich einen ordentlichen Schluck ein. „Ach was. Im Moment ist mir wichtig, was Alkohol in meinem KOPF anstellt. Ich will nicht mehr ständig grübeln."

Tage später stand Berger vor dem alten Schloss, um die Habseligkeiten von Frau von Hofstätten in Empfang zu nehmen. Die Einäscherung hatte inzwischen stattgefunden und Kurt Hoffmann und Manfred Berger hatten sich sogar schwarze Schlipse umgebunden und der Urnenbestattung beigewohnt. Berger hatte noch ein paar besinnliche Worte gesprochen, dann hatten sie sich gegenseitig zu Kaffee und Kuchen eingeladen.

Er betrat die Eingangshalle und sah sich um. Er liebte alte Gemäuer, alte Möbel – überhaupt alte Dinge wie sein Telefon und seinen Plattenspieler. Nur mit Mühe hatte er damals durchsetzen können, dass die Gästezimmer im Schloss mit alten Möbeln eingerichtet wurden und im Speisesaal das Parkett bleiben durfte.

Das Zimmermädchen geleitete ihn zu dem Appartement, in dem Frau von Hofstätten die letzten Monate gewohnt hatte.

Als sie aufschloss und eintrat, ging sie direkt zum Bett. Sie hatte schon alles in eine Reisetasche gepackt und auf der Tagesdecke abgestellt.

„Was passiert denn damit?", fragte sie und sah Berger gespannt an. Der hob nur die Schulter.

„Keine Ahnung", brummte er. „Wollten Sie was haben?"

Sie sah ihn entsetzt an. „Aber Herr Doktor, das geht doch nicht! Das erbt doch irgendjemand! Diese schöne Reisetasche und den Schmuck und das schicke schwarze Brokatkleid."

Sie seufzte tief.

Berger lächelte. „Behalten Sie's. Aber nix verraten, hören Sie?"

Sie strahlte ihn an und schüttelte heftig den Kopf. „Dankeschön! Na, wenigstens mir hat dieses Zimmer jetzt Glück gebracht." Sie bemerkte Bergers fragenden Blick und erklärte: „Vor ein paar Monaten ist doch schon einmal eine alte Dame gestorben. Die hatte auch hier gewohnt. Auch für viele Wochen." Sie senkte die Stimme. „Vielleicht liegt ein Fluch auf diesem Zimmer. Manchmal, wenn ein paar Tage nicht gelüftet wird, riecht es komisch."

Berger zog eine Augenbraue nach oben. „Flüche riechen nicht." Dann grinste er. „Diese alte Burg ist vielleicht stellenweise auch etwas inkontinent. Dann muffelt es schon mal. Das ist normal. Ein bisschen Schimmel hier und ein bisschen Salpeter da …"

Bei diesen Worten spähte er in den schmalen Spalt zwischen Kleiderschrank und Zimmerecke. Dann wurde er still. Und starrte eine ganze Weile in die Ecke, in der die alte grüne Tapete schwarze und weiße Flecken aufwies.

Das Zimmermädchen stand hinter ihm und wartete darauf, dass er weitersprach. Sie hätte ihm stundenlang zuhören können, auch wenn er von solch unappetitlichen Dingen wie Schimmelwänden redete.

Als er sich abrupt umwandte, sah sie zu ihm hoch und lächelte ihn an. Berger schien sie gar nicht wahrzunehmen, so konzentriert arbeitete sein Gehirn.

Plötzlich raunte er: „Sagen Sie mal?"

„Ja?", flüsterte sie.

„Die Haarbürste …"

„Was?" Verwirrt sah sie ihn an.

„Ist die Haarbürste von Frau von Hofstätten dort drin in ihrer Reisetasche?"

„Ach so! Natürlich. Die war extrem voller Haare, aber ich hab sie sauber gemacht. Schließlich ist das mein Job."

Er beugte sich zu ihr und fixierte ihren Blick. „Wo sind die Haare?"

„WAS?" Jetzt wurde ihr etwas mulmig zumute. Wortlos deutete sie auf die Badezimmertür. Berger drehte sich um, öffnete die Tür und sah sich kurz um.

„Im Abfalleimer!", rief sie ihm zu. „Das Bad wird immer erst geputzt, bevor der nächste Gast kommt."

Die Wählscheibe des Apparats klackerte ein paar Mal zurück in die Ausgangsposition, dann hörte er das Tuten im Hörer.

„Ja?"

„Ich bin's", und legte nach einem: „Du musst sofort herkommen!" wieder auf.

Dieses Mal hatte Kurt Hoffmann den Weg zur Kurklinik in Rekordzeit zurückgelegt und stürzte ohne Anzuklopfen direkt in das Büro des Klinikleiters. „Gibt es eine dritte Leiche?"

Berger lehnte sich entspannt in seinem Bürosessel zurück und faltete die Hände über seinem Bauch.

„Nein, die Lösung!"

Der Bürgermeister ließ sich langsam in den Besuchersessel sinken und beugte sich gespannt nach vorne. „Was? Gibt es einen Mörder, der alleinstehende Damen um die Ecke bringt und ihre …"

„Kurt!", unterbrach ihn Manfred Berger. „Du liest zu viele Krimis! Die Ursache ist eine ganz andere. Eigentlich hätte ich schon früher drauf kommen können." Er machte eine kleine Pause, lächelte Kurt Hoffmann an und holte tief Luft: „Arsen! Das Zimmer in dem beide verstorbenen Damen wohnten, ist nicht komplett renoviert worden. Es gab ein neues Bad, aber keine neuen Tapeten. Diese alten Dinger sind noch mit arsengetränkter Farbe bedruckt. Kommt Schimmel dazu, wird das Arsen zusammen mit den Sporen in der Raumluft verteilt.

Für eine kurze Zeit ist das nicht so tragisch. Arsen wirkt in kleinen Dosen sogar anregend, verbessert die Durchblutung, lässt frischer aussehen. Aber wenn sich die Dosis im Körper anreichert, wird es toxisch und führt zum Exodus."

Der Bürgermeister hatte den Arzt während dessen Ausführungen mit offenem Mund angestarrt. Jetzt klappte er ihn zu und man sah ihm an, wie sein Hirn arbeitete. Lange.

„Das heißt, wir dürfen dieses Zimmer immer nur höchstens drei Wochen an die gleiche Person vermieten, dann sieht sie zehn Jahre jünger aus und wir können das unserem Radonwasser unterjubeln?"

Berger schüttelte langsam den Kopf.

„Kurt, Kurt, Kurt – was du immer für Ideen hast ..."

Veröffentlicht in:
Vogtländisches Blut(bad) - 25 Krimis - 25 Rezepte aus dem Vogtland
Petra Steps (Hg.),
Verlag: Ulrich Wellhöfer (September 2015)
ISBN: 978-3954281725

In der vogtländischen Küche sind Kartoffeln in ganz vielen Rezepten zu finden:

Eigeschnietne

1 kg festkochende Kartoffeln
50 g Bratfett
Eine Zwiebel
Salz

Die rohen Kartoffeln werden in nicht zu dünne Scheiben geschnitten. Dann das Fett erhitzen, die Kartoffeln zugeben, unter mehrfachem Wenden braten.

Je weniger Schichten Kartoffeln in der Pfanne sind, je seltener gewendet wird, desto besser das Ergebnis.

Die Zugabe der klein geschnittenen Zwiebel erfolgt erst gegen Ende der Bratzeit.

Maroni

Er sah auf sie hinunter, in ihre Augen, versuchte, ihren Blick festzuhalten, aber schaffte es nicht. Sie sah an ihm vorbei, ignorierte ihn, blickte beleidigt ins Leere.

Das Wochenende hatte so schön begonnen. Schon am Samstagnachmittag hatten sie sich mit Freunden am Brunnen in der Hauptstraße getroffen und waren zusammen zum Bahnhof gelaufen. Die Züge von Kandel nach Landau fuhren häufig und so musste keiner später auf dem Fest nüchtern bleiben und Auto fahren.

Das Landauer Federweißen-Fest war eines der ältesten entlang der Weinstraße. Mitten in der Stadt, auf dem Rathausplatz, wurde Wein für jeden Geschmack ausgeschenkt, vor allem aber der Namensgeber des Festes, der „Neie".

Der frisch gelesene Most, noch trüb von der Hefe, leicht warm vom Gärvorgang – ungestüm und jung brachte er verschlossene Kanister zum Platzen und Trinker zum Torkeln.

Er selbst mochte diesen neuen Wein nicht. Dieses hinterhältige Gesöff, das so harmlos daherkam und einem dann so gemein die Beine wegzog. Der ganz frische, der noch nach Traubensaft schmeckte, ging ja noch. Aber der ältere roch wie eine Mischung aus frischem Hefekuchen und Kotze.

Und genau so war er auch.

Lecker und widerlich in einem.

Lieblich und gemein.

So wie Silke, die jetzt vor ihm auf dem Waldboden lag und schweigend in den Himmel starrte.

Gestern hatte sie noch geredet – viel geredet – und gelacht und schon im Zug getanzt. Als eine überraschende Fahrkartenkontrolle kam, hatte sie sofort gemerkt, dass Andy bleich wurde. Und sofort alle Monatstickets der Clique eingesammelt und den Schaffner direkt schon auf dem Flur damit empfangen.

„Guten Tag! Hier, wir arbeiten alle in Landau, haben alle einen Dauerfahrschein!" Sie hatte sich umgedreht und eine kurze Handbewegung gemacht.

„Von hier bis hier, neun Leute, alle auf dem Weg zum Weinfest!" Der Kontrolleur hatte kurz über die Sitzreihen und dann auf die wie ein Kartenspiel aufgefächerten Fahrscheine in Silkes Hand geschaut.

Silke war mit ihrem Zeigefinger über die Papierstücke geglitten. „Siehst du, alle Oktober, alles in Ordnung."

Dann hatte sie aufgesehen, ihn angelacht und gefragt: „Kommst du auch noch aufs Fest, nachher, nach Feierabend?"

„Ich hab erst morgen frei. Aber vielleicht seh ich dich mal auf dem Weg zur Arbeit? Wann fährst du morgens immer?"

„Och, mal so, mal so." Schnell hatte sie die neun Monatskarten in die Jeanstasche geschoben und aus dem Fenster gesehen. „Oh, Landau, Leute, wir müssen los!"

Draußen auf dem Bahnsteig hatten alle losgelacht. Die Masche hatte funktioniert, der Schaffner hatte vergessen, Silke mitzuzählen.

Andy drückte sie kurz und gab ihr ein Küsschen auf die Wange. „Du hast dir den aber auch zurechtgeflirtet …! Der hätte jeden Kassenzettel akzeptiert!"
Alle hatten gejohlt und gelacht.

Und in ihm drin hatte es rumort, wie schon so oft.
Er hatte Neid gespürt auf ihre lockere Art, ihre Fähigkeit, Menschen für sich einzunehmen, gleichzeitig aber auch Stolz, weil sie sein Mädchen war und mit ihm Hand in Hand durch die Landauer Fußgängerzone lief.
Dann war der Rathausplatz erreicht und die ersten Schoppengläser kreisten. Er hatte sich eine Schorle aus „altem" Wein geholt.
Silke mochte den neuen Wein und schaffte es auch immer, rechtzeitig aufzuhören.
Sie war rübergegangen zu dem Stand mit den heißen Maroni und hatte eine kleine Tüte gekauft. Als jeder aus der Clique mal reingegriffen hatte, waren sie alle.
Er selbst hatte keine abgekriegt.
„Egal", hatte Silke gesagt, dabei ganz breit gelächelt und sich weit über den Stehtisch zu ihm rübergebeugt.
„Hol ich eben neue!"
Sie hatte es ihrer Freundin zugeflüstert und ihr dabei zugezwinkert und dann eine kleine Kopfbewegung zu dem Maroniwagen gemacht.
Die Freundin sah rüber, kicherte und nickte. „Ich komme mit!"

Er mochte seine Eifersucht nicht. Trotzdem musste er den Blicken der beiden jungen Frauen folgen. Starrte hinüber zu dem Röstofen, zu dem Verkäufer, der jederzeit auch als Model sein Geld hätte verdienen können.

Er schloss die Augen.

‚Lass sie ein bisschen flirten. Sie ist so und hat Spaß daran – es hat nichts zu bedeuten!‘

Wie ein Mantra ließ er diesen Gedanken immer wieder abspulen.

Als er die Augen öffnete, war Silke wieder da. Hielt ihm die Tüte hin.

„Hier, Schatz, damit du nicht wieder leer ausgehst! Such dir die größte und schönste aus!" Sie hauchte ihm einen Kuss auf die Wange und strahlte ihn an. Er nahm sie in den Arm, streichelte ihren Rücken und flüsterte „Ich liebe dich!" in ihre Halsbeuge. Sie legte den Kopf in den Nacken, sah ihm in die Augen und küsste ihn wieder.

Ganz kurz auf den Mund, dann länger, dann wieder kurz und noch mal kurz. Di-Daa-Di-Dit!

Dieses Morsezeichen für L hatte den gleichen Rhythmus wie „Ich liebe dich!".

Und immer dann, wenn Worte nicht passten, zu kitschig waren, Stille herrschte, oder es zu laut war, immer dann nutzten sie dieses kleine, geheime Zeichen. Im Kino, in der Disco und unter Freunden, wie jetzt gerade.

Er lächelte sie an, ließ sie los und atmete ganz tief aus. Alles war gut. Das miese Gefühl war verschwunden, und als er jetzt noch mal zu dem Maroniverkäufer rüber sah, war er ganz entspannt. Der konnte ihm nicht gefährlich werden. Das zwischen Silke und ihm war so stark, so groß – es gab keine Gefahr.

Dann griff er in die Tüte, angelte sich eine große Maroni heraus und begann, sie zu schälen.

Diese Früchte der Esskastanie schmeckten ein bisschen nach Nuss und ein bisschen nach Kartoffel. Die angeschnittene Schale hatte sich im Röstofen gelöst und konnte leicht abgestreift werden.

Die „Keschde" und „de Neie" passten perfekt zusammen.

Sie lag schweigend vor ihm, starrte immer noch an ihm vorbei. Er hatte alles kaputt gemacht.

„Warum musstest du denn noch zehnmal zu diesem Maronischönling gehen? Du standest doch später mehr bei ihm als bei unserer Clique", flüsterte er. „Ich liebe es sehr, dass du solch ein Schmetterling bist, aber gleichzeitig ertrage ich es nicht!"

Tränen schossen in seine Augen und er zog die Nase hoch. Er sah sich um.

Hier konnten sie nicht bleiben. Sie mussten tiefer in den Wald.

Er hatte sie gleich morgens mit einem Frühstück im Bett überrascht und ihr dann seinen Plan erzählt: „Wir gehen Kastanien suchen! Hier im Wald gibt es ganz viele Stellen, an denen Esskastanien wachsen und die sammeln wir und rösten die dann und essen so viele, bis wir platzen!"

Sie hatte laut losgelacht und eifrig genickt.

Offensichtlich hatte sie ihm seinen peinlichen Auftritt am Abend vorher verziehen. Betrunken und voller Eifersucht hatte er ihr die letzte Maronitüte aus der Hand geschlagen, als sie sie ihm hingehalten hatte.

Eine Ewigkeit hatten sie sich angestarrt, dann hatte Silke sich nach vorne gebeugt und gezischt: „Heb die wieder auf!"

Auf den Knien war er vor ihr über das Kopfsteinpflaster gerutscht und hatte die Maroni wieder eingesammelt. Als er wieder hochgekommen war, war Silke weg gewesen.

Der Maroniwagen auch.

Brüllend war er über den Platz gelaufen, bis ihn ein Kumpel eingefangen hatte und mit sich zog zum Rest der Clique.

Erst auf dem Weg zum Bahnhof flüsterte ihm Andy zu: „Mann, krieg dich wieder ein! Silke hat die Gläser zurückgebracht und das Glaspfand abgeholt! Das nervt echt so langsam!"

Nach dem Frühstück waren sie in den Pfälzer Wald gefahren.

Unten am Parkplatz hatte er den Rucksack geschultert und sich gleich ins Gebüsch geschlagen. Silke folgte ihm und hatte schnell gelernt, nach oben zu sehen und die Bäume mit den schmalen Kastanienblättern anzusteuern. Der Berg war steil und Silke war enttäuscht über die Ausbeute und die kleinen Kastanien, die sie mühsam aus den heftig stachelnden Fruchthüllen schälten.

„Och Mann! Die sind ja winzig! Die von Giovanni gestern waren doch mindestens dreimal so groß!", maulte sie.

„Die sind auch aus Italien! Die werden dort einfach größer. Da kann dein Don Juan absolut nichts für", gab er zurück.

Silke drehte sich um, stieg weiter den Berg hinauf und sah kurz über ihre Schulter zu ihm zurück.

„Tja", meinte sie dann gespielt schnippisch, „manchmal kommt es eben doch auf die Größe an!"

Wütend hatte er in die Sammeltüte gegriffen, eine Handvoll Kastanien rausgeholt und sie nach ihr geworfen.

Sie hatte sich umgedreht und mit den Augen gerollt.

„Was soll das denn jetzt? Ist doch schade drum!"

„Du kannst sie ja aufsammeln! Wenn sie dir nicht zu klein und mickrig sind. Kannst auf den Knien rutschen und sie aufsammeln!" Seine Stimme war laut geworden und herrisch.

Silke hatte den Kopf geschüttelt und sich wieder dem Hang zugewandt. „Hat dich das geärgert, ja? Wirfst du lieber Sachen in den Dreck? Die Kastanien und uns?"

Sie stapfte los, weiter nach oben, den Blick suchend auf den Boden gerichtet und murmelte: „Du eifersüchtiger Idiot! Du mickriger, kleiner, eifersüchtiger Idiot!"

Als sie sich niederkniete, um einen der grünbraunen Stacheligel mit einem Stock zu öffnen, war da plötzlich dieser Sandstein in seiner Hand.

Und dann lag Silke da mit dieser riesigen Wunde am Hinterkopf.

Er hatte sie auf den Rücken gedreht.

Sie war still und starrte an ihm vorbei in den Himmel.

Er hatte ihre Hand genommen, sie festgehalten, sie gedrückt in ihrem geheimen Rhythmus – kurz-lang-kurz-kurz –, aber Silke hatte nicht reagiert.

„Silke, du musst mir verzeihen! Bitte! Du hast mir doch immer verziehen!", bettelte er und streichelte ihre Hand.

Weiter oben sah er ein dichtes Unterholz. Dort wollte er sie hinbringen, ablegen, verstecken. Er zog und zerrte den leblosen Körper über Moos und altes Laub, bis er an einem sehr dicken Baumstamm ankam. Erschöpft ließ er sich auf den Boden sinken und lehnte sich mit dem Rücken an das Holz.

Er sah nach oben.

Die Krone war weit und voll – der Baum musste uralt sein. Als er den Blick auf den Boden richtete, sah er die Früchte des Riesen. Braun glänzend, fast so groß wie Tischtennisbälle, lagen sie dicht an dicht – die größten Esskastanien, die er in diesem Wald je gesehen hatte.

Veröffentlicht in:
"Tatort Weinland-Pfalz"
Verlag: ars vivendi verlag GmbH & Co. KG (26. September 2017)
ISBN-13: 978-3869138541

Tagebuch

3. August

Heut wurde wieder eine eingeliefert.

Ich glaube, die lohnt sich.

Sie hatte teure Kleider an und sogar einen Pelzkragen am Kostüm. Und schwarze Lederschuhe mit ziemlich hohem Absatz, obwohl sie schon siebenundsechzig Jahre alt ist. Die Schuhgröße passt.

Bei der letzten Dame hab ich mich ziemlich blöd angestellt und mich bei Franz verplappert. Deshalb hab ich zum Schluss nur das schöne Brokatkleid gekriegt. Und das auch nur, weil Franz damit nichts anfangen konnte.

Ich hätte ihn nicht einweihen sollen.

Hab ich ja nur gemacht, weil er den alten Lastwagen wieder zum Laufen gekriegt hat. Jetzt tut er so, als hätte er ein Fuhrunternehmen.

Beim allerersten Mal war es ja auch nur Zufall und nur ein bisschen Schmuck und Kleinkram. Das konnte ich bequem in meinem Henkelkorb unterbringen. Ich war ja ein paar Mal da. Blumen gießen und Katze füttern und mich ein bisschen umgucken.

Bei der Zweiten war da diese Kommode mit den hübschen Schnitzereien. Da hat mir Franz noch geglaubt, dass ich die im Auftrag der Patientin an den Antiquitätenhändler verkauft hab. Und hat mir für ein paar Mark beim Tragen geholfen.

Und dann kam dieses Haus. Ein ganzes Haus voller Truhen und Schränke und Stühle und Bilder aus echtem Öl.

Der Antiquitätenhändler hatte so große Augen gekriegt und ich hab gleich gemerkt, dass das ein ganz dicker Fisch ist, den ich da an der Angel hab.

Manchmal hab ich ein kleines bisschen ein schlechtes Gewissen.

4. August

Seit heute hab ich wieder Nachtschicht. Das passt gut, ich bin gerne nachts wach. Ich bin dann alleine auf der Station und verteile die Tabletten für die Nacht auch ganz alleine.

Heute ist es sehr ruhig, ich kann wieder Zeitschriften lesen und ein bisschen Tagebuch schreiben.

Frau Rosenberg, die Pelzkragendame, ist inzwischen ein wenig zutraulich geworden und ich weiß das Eine oder Andere über sie.

Das Wichtigste: sie hat keinen Mann und keine Kinder.

6. August

Heute hatte ich Frühdienst und hab sehr eifrig dem Blumenstrauß der Zimmernachbarin von Frau Rosenberg frisches Wasser gegeben. „Haben Sie auch Blumen zu versorgen?", hab ich sie dann gefragt. Sie hat nur den Kopf geschüttelt.

Vielleicht ist sie traurig, weil sie keinen hat, der ihr Blumen bringt. Vielleicht hat sie aber auch Schmerzen. Ich werde ihr gleich was dagegen geben.

8. August

Der offene Bruch verheilt nur schlecht. Ich hatte beim Verbandwechsel ein bisschen nachgeholfen und jetzt hat sich die Wunde entzündet.

Sie wird noch lange bei uns bleiben müssen.

Ich hab ihr gestern so nebenbei erzählt, dass ich nach Feierabend die Katze von Frau Schmitz füttern gehe. Und die Blumen gieße. Das stimmt zwar nicht, Frau Schmitz hat eine Tochter, die das macht, aber Frau Rosenberg hat mich angesehen und „ach ja?" gesagt.

9. August
Na bitte! Ich hab den Schlüssel. Und die Adresse. Sie wohnt in einem richtig schicken Viertel, ganz alleine in einer Villa. Mir ist ganz schlecht vor Aufregung und ich kann es kaum erwarten, ihr Haus zu erkunden.

10. August
Dieses Haus ist eine Wucht! Ich bin ganz lange durch alle Zimmer spaziert und hab mir alle Möbel angesehen. Inzwischen kenne ich die Preise schon ein bisschen und ich hab deshalb eine Liste gemacht mit allen Sachen und den ungefähren Preis dahinter geschrieben. Als ich alles zusammengezählt hab, wurde mir ein bisschen schwindelig.
Ich überlege hin und her, wie ich das ohne Franz hinkriegen kann. Aber ich brauche Hilfe beim Möbel schleppen und ich brauche einen Lastwagen. Ich kann den Trödelhändler ja schlecht die Sachen selbst abholen lassen. Dann merkt er sofort, dass das nicht mein Haus ist.
Erst mal drüber schlafen.

11. August
Die Dokumentenmappe von ihrem Schreibtisch hab ich ihr ganz brav übergeben. Ich konnte da nicht reinschauen, sie ist verschlossen.

Den Schlüssel für die Villa hab ich ihr nicht zurückgegeben. Sie hat es nicht gemerkt. Ihr geht es nicht so gut.

Ich werde erst noch mal alles genau durchsuchen.
Frau Rosenberg hatte bei ihrem Unfall mitten in der Woche ein so schickes Kostüm an und war so mit Schmuck behängt – sie ist sicher unglaublich reich. Und dann gibt es nicht nur Möbel und Kram, sondern Bargeld und Schmuck und vielleicht einen Tresor. Wenn ich nur diese Sachen nehme, muss ich Franz nicht einweihen.
Das ist ein guter Plan.

14. August
Mist, Mist, Mist!
Franz war gestern Abend bei mir und hat auf meinem Flurschränkchen den Schlüssel zur Villa entdeckt. Er hat keine Ruhe gegeben, bis ich ihm erzählt hab, dass es wieder eine neue Patientin bei uns auf der Station gibt, bei der alles passt: Alt, reich, alleinstehend.
Aber ich hab ihm die Lüge aufgetischt, dass ich noch keine Gelegenheit hatte, mich im Haus umzusehen.
Er wollte das gleich übernehmen, aber zum Glück hat er heute eine Tour mit seinem Lastwagen und hat keine Zeit.
Was mach ich denn jetzt?
Es ärgert mich! Ich hab die Patientinnen auf der Station, ich kann rausfinden, wer passt, ich muss sie dazu bringen, mir den Schlüssel zu geben – für die Blumen, für die Post, für die Katze – was auch immer.
Ich muss dann auch noch dafür sorgen, dass sie nicht mehr nach Hause entlassen werden und die Diebereien entdecken.

Da kann Franz doch nicht einfach behaupten, dass sein Lastwagen so wichtig ist, dass er mehr als die Hälfte kriegt. Dieses Mal muss das anders laufen!

18. August

Der Lastwagen ist kaputt und Franz repariert schon seit drei Tagen daran rum und ist sehr wütend, weil er ihn nicht zum Laufen kriegt. Mir ist es recht, denn er hat die Villa erst mal vergessen.

Ich war heute wieder dort und hab alle Schränke und Kommoden durchsucht. Das Porzellan ist sicher teuer und für das zwölfteilige Service mit allem Drum und Dran kriege ich bestimmt einen netten Batzen.

Ich hab schon alles sorgfältig verpackt und in Kisten parat gestellt. Das bringe ich auch ohne Franz bis zum Trödelladen. Das kriegt er schon mal nicht mit.

21. August

Frau Rosenberg hat Fieber. Ziemlich hoch.

Ich muss gar nichts tun, die Entzündung im Bein ist schlimmer geworden und die Ärzte sind ratlos.

Ich habe ihr kalte Umschläge gemacht und versucht, ihr Mut zuzusprechen. „Soll ich irgendwas regeln? Ihnen noch was aus dem Haus holen? Brauchen Sie Schreibpapier?" Sie hat immer nur den Kopf geschüttelt. Na denn. Ich hab es versucht.

23. August

Ich habe endlich den Schlüssel zu dem wunderschönen Sekretär gefunden. In einer Vase auf der Anrichte.

Es war sehr spannend, die Schreibklappe zu öffnen und all die kleinen Schubladen zu durchkramen.

Den Schmuck habe ich nicht gefunden. Es muss noch einen Tresor geben!

24. August
Gestern bin ich zufällig an den siebenarmigen Leuchter auf dem kleinen Tischchen gestoßen und hab mich gewundert, dass er nicht umgekippt ist.
Er ist festgeschraubt! Und lässt sich drehen!
Und wenn man ihn bewegt, klickt es, und das große Gemälde darüber klappt auf! Mein Herz hat geklopft ohne Ende, als ich die kleine Tür in der Wand gesehen habe! Aber der Schlüssel fehlt mir noch!

25. August
Ich habe versucht, aus Frau Rosenberg was rauszukriegen, aber sie fantasiert nur noch. Irgendwas von „Keller" hat sie gefaselt und von „Geheimfach". Geholfen hat das nicht wirklich, aber ich denke, ich muss den Sekretär noch mal genauer untersuchen. Vielleicht hat der ja ein Geheimfach – das haben die Dinger doch öfter!

26. August
Franz hat den Lastwagen wieder hingekriegt. Und jetzt drängelt er ständig, dass er mit will in die Villa. Aber heute geh ich noch mal alleine hin. Dreh den Leuchter wieder richtig, damit er den Tresor nicht sieht, und suche nach einem Geheimfach im Sekretär.

27. August
Das war eine richtige Schatzsuche! Wenn man die mittlere kleine Schublade ganz herauszieht, kann man weit reingreifen und fühlt dann einen Knopf! Ich habe den

gedreht und dann hat sich eine der Täfelungen gelöst und ist auf die Schreibunterlage gefallen.

Da war es dann, das Geheimfach!

Den Tresorschlüssel hab ich gefunden und noch einen anderen. Einen ganz großen Eisenschlüssel mit einem ganz komplizierten Bart. Mir ist das mit dem Keller wieder eingefallen. Ich hab die beiden Schlüssel eingesteckt, den Sekretär wieder zusammengebaut und bin schnell zur Nachtschicht.

Leider. Aber ich muss erst wissen, was da alles zu holen ist, bevor ich riskiere, dass ich meine Stelle verliere.

Jetzt sitze ich hier im Stationszimmer und schreibe und bin so angespannt!

Gleich nach Feierabend morgen früh geh ich zum Haus. Ich kann Franz nicht länger hinhalten, er will nachmittags mit mir die Villa ausräumen.

28. August

Ich bin im Keller! Der Schlüssel passte und die neumodische Eisentür ließ sich ganz einfach aufschließen. Ich hab sie hinter mir schnell zugeschlagen, damit die mich nicht finden!

Ich hab oben zuerst den anderen Schlüssel ausprobiert. Leuchter gedreht, Bild aufgeklappt, der Schlüssel passte.

Der Tresor war randvoll! Ein paar Mappen und ganz viele Schmuckkästchen. Das erste hab ich aufgemacht – Mann! Da ist eine ganz dicke Goldkette drin!

Ich hab alles in meinen Rucksack gepackt.

Und dann hat es an der Tür geklingelt! Ich bin fürchterlich erschrocken und hab ganz vorsichtig hinter der Küchengardine auf die Außentreppe gelinst.

Drei Männer standen dort.

Ich bin schnell wieder zurück zum Tresor, hab ihn abgeschlossen, Leuchter wieder gedreht und dann ab, Richtung Keller!

Ich hab in meinem Rucksack auch noch eine Flasche mit Wasser und mein Pausenbrot von der Nachtschicht. Das hab ich nicht gebraucht, die Patientinnen auf der Station haben eine Menge Abendessen übrig gelassen. Das dürfen wir normalerweise nicht nehmen, aber das überprüft ja keiner.

Jetzt sitze ich hier und schreibe in mein Tagebuch und habe den gesamten Schmuck aus dem Tresor vor mir ausgebreitet. Es ist so viel!

Ich muss warten, bis oben wieder alles ruhig ist. Die Männer, die geklingelt haben, waren Soldaten.

Sie hatten alle ganz schmucke Uniformen an mit diesen Abzeichen am Kragen.

Die kamen wieder und haben die Tür aufgebrochen. Ich kann hören, wie sie oben rumlaufen mit ihren schweren Soldatenstiefeln.

Irgendwann werden die wieder gehen, dann verschwinde ich mit dem Schmuck. Das mit den Möbeln wird jetzt nichts mehr. Ich trau mich nicht wieder her.

Ich glaube, die wollten Frau Rosenberg abholen.

Ich weiß jetzt nämlich, dass sie sehr wohl einen Mann und Kinder hat. Aber ihr Mann ist mit den Kindern mit dem Schiff nach Amerika gefahren. Vor acht Wochen. Da waren Durchschläge von den Fahrscheinen im Tresor.

Auch ein Ticket für Frau Rosenberg. Ich habe nicht alle Unterlagen durchgelesen, aber er ist wohl Besitzer einer

Bank hier in der Stadt. Deshalb auch das viele Geld und das Riesenhaus.

Eine Enteignungsurkunde lag auch im Tresor. Er hat die Bank jemandem überschrieben. So ganz habe ich nicht verstanden, warum. Das muss damit zusammenhängen, dass er Jude ist. Und die Kinder auch.

Frau Rosenberg hat einen Ariernachweis im Tresor liegen und sollte wohl das Haus verkaufen, bevor sie nachkommt nach Amerika.

Das Ticket ist für den 1. September.

Das wird sie wohl nicht schaffen mit der Entzündung.

Und das Haus konnte sie auch nicht verkaufen. Sie ist direkt auf dem Weg zum Notar von diesem Auto angefahren worden und kam zu mir auf die Station. Deshalb war sie wohl auch so schweigsam.

Sie hätte es schaffen können. Haus verkaufen, nach Amsterdam reisen, einschiffen und los. Aber jetzt ist die SS schon am Haus dran. Die wissen sicher nicht, dass keiner mehr da ist. Fast keiner.

Den Schmuck hab ich schon mal.

Hier im Keller stehen nur ein Tisch und ein Stuhl und eine Truhe. Ich sitze jetzt hier am Tisch und schreib und muss überlegen und warten, bis die Soldaten weg sind.

später

Ich kriege diese blöde Tür nicht auf. Da ist innen gar keine Klinke dran! Draußen wird es schon dunkel. Ich kann es durch das winzige Kellerfenster sehen. Das ist nur eine ganz kleine Luke, nur etwa zehn Zentimeter hoch und die dicke Glasscheibe ist fest eingebaut.

Ich müsste eigentlich zur Arbeit. Das Pausenbrot hab ich schon gegessen und ich bin so müde.

29. August

Ich bin tatsächlich eingeschlafen. Als ich aufgewacht bin, lag ich mit der Stirn auf meinem Tagebuch. Fast hätte ich mir den Bleistift ins Auge gerammt. So was Blödes.

Ich hab Durst und die Wasserflasche ist leer. Ich müsste dringend aufs Klo und draußen wird es schon hell.

Mann! Ich hab in die Truhe geguckt! Da sind Goldbarren drin! Zwanzig Stück! Ich kann die nicht alle tragen, aber ich komm sowieso nicht aus diesem blöden Keller.

Mir tut es grade ein bisschen leid, dass ich Franz so hingehalten hab und ihm die Adresse nicht verraten habe.

Er hat gestern Nachmittag bestimmt auf mich gewartet und ist jetzt sauer.

Wenn ich ihn hierherbestellt hätte, könnte er mich befreien. Wir könnten Schmuck und Goldbarren mitnehmen und die Villa samt Möbeln der SS überlassen.

Wir wären trotzdem reich.

Ich fühle den Kellerschlüssel in meiner Rocktasche und stelle fest, dass die Tür innen nicht nur keine Klinke, sondern auch kein Schlüsselloch hat. Sie schließt hermetisch ab.

Auch wenn Franz mich hier findet, kann er die Tür nicht aufschließen, wenn er draußen und der Schlüssel innen ist. Mist!

Warum hab ich nicht besser aufgepasst?

Franz ist hoffentlich so schlau und fragt im Krankenhaus nach. Den Namen Rosenberg hat er sich wohl gemerkt und kann nach der Adresse fragen. Oder besser noch, die Patientenakte klauen und nachsehen.

Aber dann?

Er muss dann die Kellertür aufbrechen. Hoffentlich kommt er rechtzeitig, bevor ein SS-Offizier hier einzieht!

Luft scheint irgendwo reinzukommen, sonst ginge es mir viel schlechter. Ich bin schon die zweite Nacht hier drin und mein Mund ist so trocken!

Ich hab den Tisch an die Kellerluke geschoben und den Stuhl daraufgestellt. Jetzt sitze ich dort und beobachte das kleine Stück Straße, das ich sehen kann.

Ich will wissen, wer es ist, wenn jemand ins Haus kommt. Ob es Franz ist oder die SS.

Mittwoch …?

Durst.

Ich habe solchen Durst. Keiner kommt. Alles ist ruhig, draußen ist es dunkel.

Ich hab mir alle Goldketten um den Hals gehängt. So viel Schmuck und so viel Gold!

Ich habe versucht, mit einem Goldbarren die Scheibe einzuschlagen. Mir ist es egal, wer mich hier findet – ich will hier raus! Aber der Barren ist zu weich. Die Ecke ist jetzt ganz rundgehauen, aber die dicke Glasscheibe ist immer noch heil.

Ach Franz. Ich teile gerne alles mit dir! Du kannst sogar alle Barren haben! Aber hol mich doch jetzt endlich hier raus!

Donnerstag? Freitag???

Wo bleiben die SS-Leute? Warum kommen die nicht wieder? Ich gucke nach draußen – irgendwas ist da los. Ständig fahren Jeeps vorbei und große Armeelaster. Dass mich keiner hört, hab ich schon begriffen. So lange die Glasscheibe in der Luke ist, kann ich mich nicht bemerkbar machen.

Reich sein. Ich will hier raus und trinken. - Trinken.
Nichts. - Nichts ist in diesem verdammten Keller.
Nur Gold. - Und ich.
Ein Goldbarren für ein Glas Wasser.

Franz! Ich hab ihn gesehen! Er war da, vorm Haus. Aber nicht mit dem Lastwagen. Nicht auf der Suche nach mir. Er marschierte mit ganz vielen anderen in einer Uniform draußen auf der Straße vorbei. Ein Gewehr hat er getragen. Und ganz stolz geguckt.

Ich hab so laut geschrien wie ich konnte. Und an die Glasscheibe getrommelt. Dann wurde mir schwindelig und der Tisch ist umgekippt.

Ich liege auf der Tischplatte. Die vier Tischbeine zeigen an die Kellerdecke. Ich bin so müde. Mir ist kalt.

Franz marschierte am nächsten Tag, Freitag, den 01. September 1939, in Polen ein.
Am gleichen Tag starb Frau Rosenberg, weil ihre Penicillin-Tabletten vertauscht worden waren.

Veröffentlicht in:
"Suche Trödel, finde Leiche!"
Kurzkrimis vom Dachboden, vom Sperrmüll und vom Flohmarkt
Verlag: KBV 13. Mai 2016
von Ingrid Schmitz (Herausgeber)
ISBN-13: 978-3954412952

Der Goldene Schnitt

Der Test verlief perfekt.
Die Nachricht erschien, der neu installierte Button leuchtete auf, und der Stick kullerte zusammen mit dem Fotostreifen in den Ausgabeschacht. Er atmete tief und strich sich die Haare aus der Stirn. Jetzt begann das Warten.

Valerie und Bella kicherten in die Kamera. Es gibt wohl kein Teenager-Grüppchen, das der Versuchung widerstehen kann, auf dem FotoMax-Hocker die verrücktesten Grimassen zu schneiden. Drei Vierer-Streifen hatten sie schon verballert, dann wurde Bella ernst.
„Jetzt bleibst du draußen, ich brauche endlich Fotos für meinen Perso! Und wehe, du bringst mich wieder zum Lachen!" Sie knuffte Valerie leicht in die Taille und schob sie dann vor den Vorhang.
Der Passbild-Automat stand direkt unter der riesigen Uhr in der Halle des Hauptbahnhofes in Würzburg. Letzte Woche schon hatten die beiden Mädchen nach der Schule Fotos machen wollen, aber der Apparat war außer Betrieb gewesen. Ein Mechaniker hatte geschraubt und getestet und immer wieder den Kopf geschüttelt. Dann mussten sie zum Zug.
Heute funktionierte das Ding wieder perfekt. Valerie stand in der Halle und musterte die Streifen mit den Quatschfotos in ihrer Hand. Schielende Augen und nach außen gewölbte Lippen, rausgestreckte Zungen und Hasenzähne. Sie lachte laut auf.
Drinnen versuchte Bella, sich auf die Markierungen für die biometrischen Fotos zu konzentrieren. Sie schraubte den

Hocker etwas nach oben, strich sich die Haare aus der Stirn und hob leicht das Kinn. Als endlich alles passte, drückte sie den Auslöser.

Das neu installierte Programm vermaß blitzschnell die hinterlegten Fixpunkte und berechnete die Abstände.

Die Pupillen und die äußeren Mundwinkel ergaben ein perfektes Quadrat. Die Länge der Nase und der Abstand zwischen den Augenbrauen verhielten sich zu der Kantenlänge des Quadrates exakt nach der goldenen Formel, genau wie der innere Abstand der Nasenflügel und die Breite der Augen zu den eben genannten Maßangaben.

Die Berechnungen waren innerhalb von zwei Sekunden abgeschlossen und das Programm sendete die „1" an das Aufnahme- und Speichergerät. Ein Button leuchtete auf und Bella las: *Drücken Sie die Taste, um Ihre Fotos auch als Datei zu erhalten!*

„Cool!", und schon hatte sie den Knopf gedrückt.

Entnehmen Sie Ihre Fotos und Dateien dem Ausgabeschacht.

Bella riss den Vorhang zur Seite und sprang auf. Valerie hielt ihr die Fotostreifen vor die Nase. „Guck mal, du lachst dich kaputt!"

Bella grinste und schob ihre Freundin zur Seite.

Der Streifen mit den Passfotos war fertig und Bella zog ihn vorsichtig heraus. Da lag noch etwas.

Ein USB-Stick.

Bella griff danach und hob ihn mit zwei Fingern ihrer Freundin entgegen. „Ist das nicht super? Man kriegt hier die Fotos auch als Datei!"

Valerie starrte auf den Stick und runzelte die Stirn. „Was? Für fünf Euro? Fotos und ein Stick? Das kann doch gar nicht sein! Warum gab es das für unsere lustigen Fotos nicht?"

„Keine Ahnung. Vielleicht ist das nur im Passfoto-Modus oder so. Na, egal, auf jeden Fall cool!"

Als die automatische Nachricht auf seinem Bildschirm aufpoppte, war er absolut nicht darauf gefasst und starrte sekundenlang auf die Information. Dann klickte er auf das Icon, der das Foto öffnete.

Sie war wunderschön, das Gesicht perfekt. Alle Maße genau nach dem Goldenen Schnitt.

Und sein Erkennungs-Programm hatte funktioniert.

Sie musste den Stick erhalten haben und er konnte es kaum erwarten, dass sie ihn benutzte.

Er hatte es nicht mehr ausgehalten zwischen all den Hobbymalern, die recht und schlecht irgendwelche Portraits hinkritzelten von Modellen, die absolut nicht seiner Vorstellung von Schönheit entsprachen. Seine Technik war gut, besser als die des Kursleiters – hier konnte er nichts mehr dazu lernen. Egal, ob Kohlezeichnung oder Acryl, er wurde mit jedem Bild besser und seine Ansprüche höher.

An sich selbst und an seine Objekte.

Sein Plan war einfach und strukturiert.

Er würde keine Kurse mehr besuchen, diese Ausgaben konnte er sich sparen. Sein fast schon besessenes Üben verschlang eine Menge Geld für Leinwände, Farben und Pinsel. Seine Arbeitsstelle als Programmierer hatte er gekündigt, das Malen war seine Obsession und saugte alle Konzentration und Leidenschaft auf. Mit dem Job als FotoMax-Monteur hielt er sich finanziell gerade so über

Wasser. Geld, um ein Modell zu bezahlen, blieb keines übrig. Erst recht nicht bei dem Anspruch, den er hatte.

Beim Einstellen der biometrischen Fixpunkte war ihm die Idee ganz plötzlich in den Sinn gekommen. Ein Programm, ein neuer Button, ein paar Drähte und ein USB-Stick waren schnell installiert und warteten auf die positive Rückmeldung der Physiognomieberechnung.

Den Source Code der biometrischen Erkennung hatte er schon vor längerer Zeit mitgehen lassen. Berufsinteresse.

Deshalb war es keine große Sache gewesen, den Code zu ändern, sein Zusatz-Programm zu installieren und im Automaten anzubringen.

Der mechanische Teil, das Auswerfen des Sticks, hatte ihm die meisten Probleme bereitet. Schließlich war ein solches Gerät dazu gedacht, von Menschenhand abgezogen zu werden.

Lange hatte er an dieser Funktion gefeilt und sie immer mehr perfektioniert.

Jetzt endlich wurde die Info angezeigt. Das Programm hatte reagiert, den Button aktiviert und die Fotodaten auf den Stick kopiert.

Wenn sie den an ihren Rechner anschloss, musste nur noch der letzte Teil des Planes starten.

Die Installation des Trojaners.

Seine Zwei-Zimmer-Wohnung war winzig, aber trotzdem komplett vernetzt und es gab nicht nur für jeden Raum einen Monitor, sondern auch für jeden Blickwinkel.

Er wartete.

Er verfluchte diese Smartphones, die die kompletten sozialen Netzwerke bedienten und überall und ständig

Online-Präsenz lieferten. Wer nutzte da noch einen normalen Rechner? Aber nur der hatte einen USB-Anschluss.

Beim Abendessen hielt er plötzlich mit offenem Mund inne. Das Stück Pizza schwebte direkt vor seinen Lippen. Er starrte auf den Monitor. Sie war da. Ganz plötzlich. Und redete auf ihn ein. Schien zu schimpfen, schob die Unterlippe nach vorne und zog die Nase kraus.

Er bewegte sich nicht, bis ihm einfiel, dass dieser Monitor gar keine Webcam hatte. Sie konnte ihn nicht sehen.

Dann entspannte er sich.

Skype! Sie telefonierte mit ihrem Laptop.

Sie hatte wohl gestern die Fotodateien auf ihren Rechner überspielt und heute, beim Neustart, startete die automatische Installation des Webcam-Trojaners.

Der bot ihm jederzeit die Möglichkeit, ihre Webcam anzuschalten und sie zu sehen. Fotos von ihr zu machen, die er als Malvorlage nutzen konnte. Vorausgesetzt, sie hatte nicht diese schlechte Angewohnheit, den Rechner zuzuklappen.

Die ersten Fotos, die er machte, zeigten sie direkt frontal. Je nachdem, was sie am Rechner tat, lächelte sie glücklich oder schaute ganz konzentriert. Manchmal biss sie sich auf die Lippen oder zog die Augenbrauen über der Nasenwurzel zusammen.

Dann malte er sie. Zuerst mit Kohle. In wenigen Strichen, aber die Ähnlichkeit war verblüffend. Er wusste, dass er Talent hatte und würde es allen zeigen! Dieses Mädchen war seine Muse, seine Mona Lisa und er würde Werke für die Ewigkeit von ihr schaffen!

Manchmal, wenn er ein Gemälde beendet hatte, zündete er sich eine Zigarette an und aktivierte die Webcam. Er wusste, wann sie ungefähr zu Bett ging und hatte festgestellt, dass auch ihr Körper perfekte Proportionen zeigte. Diese Linie des Halses hin zum Schlüsselbein, der Schwung ihrer Taille zur Hüfte, die Arme, die einen zart definierten Bizeps zeigten und in einem schmalen Handgelenk sanft ausliefen.

Der schönste Moment war der, wenn sie, schon mit nacktem Unterleib, das Shirt über ihren Kopf zog. War sie dann im Profil zu sehen, konnte er für einen kurzen Augenblick kaum atmen. Er liebte sie für diese seltsame Angewohnheit, immer zuerst Hose und Slip auszuziehen.

Er schoss ein Foto nach dem anderen und wusste, dass die Portraitmalerei hier ein Ende gefunden hatte. Er wollte nur noch ihren Körper malen.

Jetzt stand er auf der Vernissage mit seinem Glas Sekt, nahm die Glückwünsche und anerkennenden Worte entgegen und lächelte dabei, obwohl er sich weit weg wünschte. Immerhin würde diese Ausstellung und die verkauften Bilder die Basis für ein richtiges Atelier bieten und er spielte mit dem Gedanken, seine Muse als echtes Modell zu buchen.

Hier im Saal hingen die Portraits, im Nebenraum die Akte. Lebensgroß und wunderschön. Auf der Stirnseite hing nur eine einzige Leinwand. Bella im Profil, beim Ausziehen des Shirts. Dieses Bild war Blickfang der ganzen Ausstellung, gedruckt auf die Titelseite des Kataloges und auch in der Tagespresse zur Vorankündigung erschienen.

Seltsam. Er hatte Bella ausgesucht wegen ihres Gesichts – so perfekt und ebenmäßig. Ausgerechnet auf diesem Gemälde war es nicht zu sehen. Die nach oben gestreckten

Arme und das hochgezogene Shirt gaben nur den Blick auf ihren Körper frei.

Die geladenen Gäste wandelten von Bild zu Bild, schauten verzückt, machten Notizen in ihren Katalog und prüften die Preise.

Nur eine Dame huschte von Gemälde zu Gemälde, starrte auf das abgebildete Mädchen, schüttelte verwirrt den Kopf, lief weiter und sank im Nebenraum beim Anblick der Akte auf einen Stuhl. Dann sprang sie auf und lief davon.

Als Bella am nächsten Tag ins Lehrerzimmer gerufen wurde, dachte sie sich nichts dabei. Ihre Klassenlehrerin sah sie lange an und fragte dann schroff: „Wie kommst du dazu, dich nackt malen zu lassen und die Bilder dann auch noch für eine Ausstellung freizugeben? Du bist FÜNFZEHN!"

Bella starrte sie an und verstand absolut nichts. Sie stotterte und lachte und schüttelte den Kopf. Erst als der Katalog vor ihr auf das Pult krachte, wurde sie still. Ganz still.

Sie blätterte vorsichtig die ersten Seiten um. Dann immer schneller, hektisch fast. Sie schluckte, Tränen liefen über ihre Wangen und dann packte sie den Katalog und stopfte ihn unter ihren Pullover.

Als würde diese hilflose Geste alles ungeschehen machen.

Würzburg ist nun wirklich keine kleine Stadt, aber in den folgenden Tagen gab es kaum einen der etwa hundertdreißigtausend Einwohner, an dem dieser Skandal vorüberging.

Bella vergrub sich in ihrem Zimmer, vermied jeden Kontakt nach draußen, las keine Zeitungen, schaute keine

Nachrichten und hatte Rechner und Smartphone in ihren Bettkasten verbannt.

Sie weinte oft und vermied die gemeinsamen Mahlzeiten, bei denen sich die Eltern immer wieder stritten. Ihr Vater glaubte ihr, als sie schluchzend versicherte, nicht zu wissen, wie diese Malereien hatten zustande kommen können. Ihre Mutter blieb voller Zweifel, kontrollierte Mails und jede SMS und versuchte, den Maler zu kontaktieren. Doch der war abgetaucht und nicht zu erreichen.

Irgendwann meldete sich die Schule und ordnete an, dass Bella ab kommendem Montag wieder den Unterricht besuchen müsse.

Bella beschloss, am Montag nicht in ihr Klassenzimmer zu gehen, sondern auf den Uhrturm ihres Gymnasiums zu steigen und sich einfach in die Tiefe fallen zu lassen.

Dieser Entschluss gab ihr viel Sicherheit und Ruhe. Sie konnte allem ein Ende setzen, war Spott und Häme nicht mehr hilflos ausgeliefert.

Wieder blätterte sie den Ausstellungskatalog durch. Manche Seiten wellten sich noch, weil sie tränennass gewesen waren. Bei manchen hatte sie mit einem dicken Filzstift ihr Gesicht unkenntlich gemacht.

Dann musterte sie lange das Titelblatt. Ein wunderschönes Bild, und sie spürte einen Anflug von Stolz beim Betrachten. Neben den Füßen war mit wenigen Strichen der Slip angedeutet, ein senkrechter Strich ganz rechts und ein paar Schwünge auf der linken Seite gaben dem Modell einen Rahmen.

Ganz langsam drehte sie ihren Schreibtischstuhl um und sah sich ihr Zimmer an. Dieser senkrechte Strich skizzierte ihr Bücherregal! Und diese Schwünge links ihren

Blümchensessel! Dazwischen war der Platz, an dem sie sich abends auszog.

Tief sog Bella Luft zwischen ihren Zähnen ein und hielt dann den Atem an.

Dann warf sie den Katalog in eine Ecke, sprang auf, riss den Bettkasten unter der Matratze hervor und wühlte nach ihrem Handy. Als sie es einschaltete, prasselten die Anruf- und SMS-Meldungen nur so auf sie ein, aber sie ignorierte alles und durchsuchte ihr Telefonbuch.

„Jonas, kannst du herkommen? Jetzt gleich? Bitte!"

Ihr Klassenkamerad machte keine großen Worte. „Klar!"

Schon hatte er aufgelegt.

Jonas redete nie viel und auch jetzt hörte er ruhig zu, was Bella ihm erklärte. Sie sprach schnell, verhaspelte sich immer wieder, kramte dann den Katalog hervor und tippte hektisch auf die Titelseite.

„Da, siehst du? Das bin ich – hier in meinem Zimmer! Woher hat er das?"

Jonas sah auf das Gemälde und sagte: „Das ist wunderschön!" Dann verlangte er ihren Laptop. Flink rasten seine Finger über die Tastatur und immer wieder stöhnte er mal enttäuscht auf oder kaute auf seiner Unterlippe. Dann lehnte er sich zurück.

„Nix", murmelte er und die Enttäuschung war deutlich zu hören. „Ich hätte gewettet, dass du einen Webcam-Trojaner auf deinem Laptop hast. Aber da ist nix!"

Wieder begann seine Tipperei.

„Es wurde eine ganze Menge auf dem Rechner gelöscht. Vor dreieinhalb Wochen. Was war da?"

Bella hob die Schultern. „Keine Ahnung. Oder – Moment!" Sie zog den Katalog heran und prüfte die Titelseite. „Da war die Ausstellungseröffnung!"

Jonas fragte alle Downloads ab, die sie in den letzten Monaten gemacht hatte.

„Hattest du irgendwelche Datenträger angeschlossen?"

„Nur den Stick vom Fotoautomaten."

„Stick? Man bekommt keinen Stick an einem Fotoautomaten!"

„Doch, an dem am Hauptbahnhof schon!"

Bella kramte in der Schreibtischschublade. „Hier ist er!"

Schnell hatte Jonas den Datenträger gecheckt. „Leer. Absolut leer. Auch keine Fotos! Klar, der hat den Trojaner eingeschleust, dann den Stick gelöscht und vor der Ausstellungseröffnung auch den Zugriff auf deine Webcam. Der wusste, dass er seine Spuren rechtzeitig verwischen muss."

Bella sprang auf. Sie war so wütend! Auf sich selbst und diesen Hacker, der sich in ihr privatestes Leben eingeschlichen hatte.

„Dem werde ich es zeigen!"

Schon hatte sie begonnen, in der Abstellkammer im Flur zu kramen und kam bald darauf mit einem alten Baseballschläger zurück. Sie wickelte einen Schal um Mund und Hals und zog ein Basecap tief in die Stirn. Dann drehte sie sich um und verschwand. Die Haustür knallte ins Schloss.

Jonas stand da und starrte verdutzt auf die Zimmertür.

Dann raste er los.

Bald hatte er Bella eingeholt. Sie war auf dem Weg zur Ausstellung und murmelte ständig vor sich hin: „Ich hau die alle kaputt!"

„Stopp!" Jonas hielt sie an der Schulter fest und drehte sie zu sich um. Er erklärte ihr seinen Plan.

Bald darauf saß sie auf dem Hocker und starrte auf die Markierungen. Die Aufnahmen wurden gemacht, die Schrift leuchtete auf und Bella drückte den Button für den Stick.

Draußen stand Jonas und filmte jede ihrer Bewegungen. Dann hielt er triumphierend das Teil hoch. „Da! Er hat vergessen, seine Programmierung wieder auszubauen! Die Maschine reagiert immer noch auf dein perfektes Gesicht und wirft einen Stick aus. Mit Trojaner!"

Jonas hatte sie davon überzeugen können, dass sie nur mit diesem Beweismittel Anzeige erstatten konnte. Bella machte mit, aber ihre verzweifelte Wut war nicht verschwunden.

Sie verabredeten sich für den nächsten Tag um zusammen zur Polizei zu gehen. Bella war Jonas unendlich dankbar für seinen Beistand.

Trotzdem log sie ihn beim Abschied an.

Sie war nicht müde und wollte nicht nach Hause. Sie wollte ihn loswerden. Sie umrundete den Kiliansbrunnen und als Jonas außer Sichtweite war, betrat sie wieder die Bahnhofshalle.

Er würde kommen.

Die Aktivierung des Sticks musste bei ihm eine Nachricht auslösen.

Er würde kommen und den Automaten in Ordnung bringen.

Sie würde da sein.

Den Baseballschläger hatte sie immer noch unter ihrer Jacke.

Veröffentlicht in:
"Scharf geschossen mit der Kamera"
Anne Hassel, Simone Jöst (Herausgeberinnen)
Verlag: Königshausen u. Neumann (12. Oktober 2015)
ISBN-13: 978-3826058745

Blutige Christbaumspitzen

Der Schnitt verlief über Brust und Bauch, vom Kinn bis an das Schambein. Es waren keine glatten Wundränder zu sehen, sondern alles war ziemlich zerfetzt. Daunenjacke, Hemd, Latzhose und Haut.

Der Anblick der blutigen Organe und Eingeweide ließ Kommissar Zickler schlucken, trotz der vielen Dienstjahre, die er bei der Bonner Mordkommission schon auf dem Buckel hatte.

„Mist!", fluchte er und hustete heftig. Er hatte seinen Kaugummi verschluckt, der vorhin, nach dem hastigen Aufstehen, das Zähneputzen hatte ersetzen sollen.

Halb sechs an einem November-Morgen, mit Schneeregen und Atemwolken vor den Mündern der Spusi-Leute, einer schlimm zugerichteten Leiche und viel zu vielen Schaulustigen für diese frühe Zeit.

„Woher kommen denn all die vielen Leute? Jetzt, um diese Zeit?", fragte er den Mann neben sich.

Der schaute auf seine Armbanduhr und hob die Augenbrauen. „Das sind die ersten Beschicker des Weihnachtsmarktes. Heute ist Aufbau, morgen Eröffnung. Aber erst muss der da weg!"

Zickler verzog den Mund. „Nicht sehr nett, wie Sie von dem Toten reden!"

„Was?" Der Mann drehte sich um und sah dem Kommissar direkt ins Gesicht. „Ich meine nicht die Leiche, um Gottes Willen, nein, ich meine den Hubsteiger der Stadtwerke! Der muss erst vom Platz weg – später ist hier alles zugebaut!"

„Aha! Sagt – ähm – wer?"

„Oberhammer, Marktmeister und verantwortlich für die Zuteilung der Stellplätze." Der Mann verbeugte sich leicht und murmelte dann: „Und Finder der Leiche."

„Aha!", murmelte Zickler. „Sie wissen, wer das ist?"

„Ja, Kogler von den Stadtwerken. Er sollte gestern Abend die Spitze auf dem Weihnachtsbaum befestigen. Und die Lichtergirlanden. Aber das hat er wohl nicht mehr geschafft."

Beide Männer starrten jetzt auf die riesige Tanne, die in diesem Jahr erstmals mitten auf dem Münsterplatz aufgestellt worden war. Sie war mit großen bunten Kugeln und einer mächtigen Christbaumspitze geschmückt, doch die Lichterketten, die von der Baumspitze in alle Richtungen quer über den Platz abzweigen sollten, fehlten teilweise.

„Schüller hatte mit ihm Dienst. Ich habe ihn schon angerufen." Oberhammer sah erst auf die Leiche, die gerade in einem Zinksarg verschwand und dann auf den Hubsteiger. „Kann der jetzt weg?"

Der Kommissar seufzte tief. Dann winkte er den Chef der Spurensicherung zu sich, wechselte ein paar Worte mit ihm und drehte sich dann zu Oberhammer um. „Gut, lassen Sie das Ding da wegfahren. Und kommen Sie dann sofort wieder zu mir, ich brauche Ihre Aussage!"

Wenig später hatte er sich die Fakten notiert.

Oberhammer war gegen fünf auf den Platz gekommen. Der heftige Schneefall, der gestern am frühen Abend einsetzte, hatte den gesamten Platz mit einer Schneedecke überzogen. Jetzt war alles um den Fundort der Leiche herum zu Matsch zertrampelt.

Zickler seufzte wieder. „Was genau haben Sie vorgefunden? Gab es Spuren im Schnee?"

„Nein, gar keine. Ich ...", Oberhammer wühlte in seiner Hosentasche. „Ich habe Fotos gemacht. Ich dachte, das sei vielleicht wichtig." Er zog sein Handy hervor und tippte auf das Display des Smartphones. Dann hielt er es dem Kommissar hin. „Hier!"

Zickler starrte ihn an. „Sie haben hier eine Leiche gefunden und haben dann erst mal Fotos gemacht?"

Oberhammer hob die Schultern. „Na ja. Ich dachte ... Wissen Sie, ich bin ein Tatort-Fan und wenn man dann schon mal ... Also ich meine ..."

Zickler hob die Hand. „Schon gut, lassen Sie mal sehen."

Das Schneetreiben war zwar heftig gewesen, aber sehr kurz. So gegen zehn am Abend hatte es schon wieder aufgehört.

Auf dem ersten Foto war der Körper von Kogler zu sehen. Zerfetzt und blutig, mitten auf einer weißen Schneedecke. Es sah aus wie ein Leichentuch, das versehentlich unter den Toten gebreitet worden war.

Reinweiß und unberührt.

Das zweite Foto zeigte auch den Hubsteiger daneben. Der Korb war an seinem Platz verankert, die Geländerteile alle geschlossen und der Korbboden von Schnee bedeckt. Vor dem Hubsteiger lag eine Trittleiter im Schnee.

Zickler gab das Mobiltelefon zurück an Oberhammer. „So wie es aussieht, hat er den Hubwagen gar nicht benutzt? Wie hat er denn dann die ersten Lichterketten da oben befestigen können?"

Oberhammer hob die Schultern und schüttelte den Kopf. „Ich hab keine Ahnung, wie – oh, da kommt Schüller, der

Kollege von Kogler!" Er winkte den jungen Mann zu sich heran und stellte ihn dem Kommissar vor.

Schüller zwirbelte nervös am Reißverschluss seines Kapuzenpullis. Ständig blinzelte er, wohl um die Tränen zu unterdrücken und Zickler war froh, dass die Leiche schon abtransportiert war. Sonst wäre ihm sein wichtigster Zeuge wohl umgekippt.

Doch je länger die Befragung dauerte, desto weniger Licht kam in die Vorgänge dieser Nacht. Schüller druckste herum, sah auf den Boden und wischte mit seinen Stiefeln Streifen in den Schneematsch. Immer wieder zog er den Reißverschluss nach unten, wieder nach oben und dann fragte er: „Kann ich bitte eine Zigarette haben?"

Eine halbe Stunde später betrat Zickler sein Büro und warf seinen Notizblock in weitem Bogen auf seinen Schreibtisch. Der Kaffee auf der Warmhalteplatte roch ganz frisch und verführerisch und nach den ersten großen Schlucken spürte Zickler, wie sein Hirn langsam auf Normalmodus schaltete und ihm signalisierte: Nichts passte zusammen.

Schüller hatte berichtet, dass sie den Hubsteiger gerade in Position manövriert hatten, als es zu schneien begann. „Und dann hat meine Freundin angerufen und war ganz verzweifelt, weil sie sich nicht traute, bei diesem Schneetreiben zu ihrer Nachtschicht zu fahren. Kogler hat das mitgekriegt und gemeint, er würde den Rest auch alleine hinkriegen."

Dann war Schüller gegangen.

Zickler lehnte sich weit in seinem Schreibtischstuhl zurück und verschränkte die Arme hinter seinem Nacken. Er sah hoch zur Decke und dachte nach.

Mord? Aber wieso gab es keine Spuren des Täters?

Selbstmord? Das konnte er gleich ausschließen, so, wie die Leiche ausgesehen hatte.

Unfall? Aber wie sollte das passiert sein - was hatte das Opfer so grässlich zugerichtet?

Er prüfte noch einmal die Ausdrucke von Oberhammers Handy-Fotos. Konnte man Schneefall simulieren? Fußspuren verschwinden lassen?

Wieder und wieder las er seine Notizen der Aussagen des Kollegen und des Marktmeisters. Kogler hatte fünf der elf Lichterketten befestigt. Die restlichen hatte er nicht mehr geschafft.

Wieso war er mitten in seiner Arbeit mit dem Hubwagen nach unten gefahren? Weil sein Mörder aufgetaucht war?

Oder war er aus dem Korb gefallen und hatte sich dabei so schrecklich verletzt? Aber wer hatte dann den Hubwagen wieder in seine Arretierung gefahren? Und wieso war auch der Schnee im Korb unberührt?

Zickler schob seinen Stuhl zurück und sprang auf. Je länger er über den möglichen Verlauf nachdachte, desto verworrener wurde die ganze Geschichte.

Absolut gar nichts passte hier zusammen!

Beim dritten Klingeln nahm Schüller ab. „Ja?"

Zickler verzog den Mund. Er hasste dieses moderne Getue, bei dem sich keiner mehr mit seinem Namen meldete.

„Kriminalpolizei. Zickler hier. Ich habe noch eine Frage. Haben Hubsteiger nicht irgendwelche Sicherungen, dass man die überhaupt nur zu zweit bedienen kann? Einer im Korb, einer unten an der Steuerung?"

„Nee, dieser nicht. Wir sind ja öfter auch mal alleine unterwegs. Deshalb kann man direkt vom Korb aus steuern."

„Danke, das war's."

„Herr Kommissar – ich wäre doch nicht gegangen, wenn das nur zu zweit funktioniert hätte!" Schüller klang sehr zerknirscht und Zickler fühlte, dass ihn noch etwas anderes beschäftigte. „Ja, ich verstehe. Und weiter?"

„Weiter? Äh … ich weiß nicht so genau. Mir selbst ist das nie aufgefallen. Aber Kollegen sagen, Kogler habe sich immer ein bisschen ums Hochfahren gedrückt. Sie sagen, er hatte Höhenangst."

Zickler biss in das Brötchen, kaute und starrte dabei auf die beiden Fotoausdrucke vor ihm. Mehrere Tassen schwarzen Kaffees ohne Frühstück – das schaffte sein Magen nicht mehr, ohne zu rebellieren.

Zickler überlegte, ob es gut oder schlecht war, dass sein Magen so freudig auf die Kantinenbrötchen reagierte und ihm die Leichenfotos völlig egal waren.

„Mahlzeit", ertönte hinter ihm eine Stimme. Die Kollegin stellte ihr Tablett neben den Fotos ab, zog den Stuhl zurück und nahm Platz.

„Die Weihnachtsmarktgeschichte?", fragte sie und zog die Ausdrucke etwas zu sich heran. Sie betrachtete die Innereien der Leiche und schaufelte dabei Rührei in sich hinein.

„Aha", dachte Zickler. Ich bin also nicht alleine so abgestumpft.

„Krass", meinte sie dann.

„Der Körper sieht ziemlich wüst aus, nicht?", fragte Zickler. Die Kollegin sah kurz zu ihm hin und meinte dann: „Nee, ich meine den LKW mit dem Korb. So ein Riesending! Wie rangiert man dieses Teil ohne Außenspiegel?"

Zickler hatte das Brötchen auf den Teller fallen lassen und war direkt zum Fahrstuhl gerannt. Nur wenig später saß er in seinem Dienstwagen und war unterwegs zum Münsterplatz.

Auf dem Platz wimmelte es von Anhängern und Zugfahrzeugen. Die erste Reihe der Buden stand bereits neben der riesigen Blaufichte, die restlichen wurden gerade aufgebaut.

Oberhammer stand mitten im Getümmel und sprach abwechselnd links in sein Handy und rechts in sein Funkgerät. Dann drehte er sich um, schrie etwas über drei Autos hinweg, wandte sich noch weiter nach links und sah Zickler.

„Na", rief er. „Schon was rausgefunden?"

Zickler bahnte sich einen Weg zu ihm hin.

„Haben Sie einen Außenspiegel gefunden? Groß?"

Oberhammer starrte ihn an. „Was?!?"

„Einen Außenspiegel! Der Hubsteiger auf dem Foto – da fehlt der Außenspiegel!"

Oberhammer schüttelte den Kopf. „Das kann nicht sein – Sie können so ein Ding nicht rangieren ohne Außenspiegel!"

Zickler nickte. „Eben! Deshalb suche ich das Teil."

Oberhammer verzog den Mund. „Bei dem Hin und Her auf dem Platz – wenn der hier irgendwo lag, hat es den schon längst zerbröselt!"

Zickler seufzte. „Ich fürchte, Sie haben Recht."

In diesem Augenblick klingelte sein Mobiltelefon. Der Rechtsmediziner gab die Ergebnisse der Obduktion Koglers durch.

An der Todesursache gab es keinen Zweifel, aber: „… das war nicht wirklich ein Schnitt. Dazu war die Tatwaffe nicht scharf genug. Metall, wenige Millimeter breit, aber nicht messerscharf."

Zickler sog die kalte Winterluft tief in seine Lungen. „Danke, war's das?"

„Hmm – interessant ist, dass die Wunde von unten nach oben entstanden ist."

„Was? Vom Unterbauch zum Kinn? Nicht umgekehrt?"

„Nein – eindeutig anders rum."

Zickler wollte das Gespräch schon wegdrücken, hörte dann aber noch ein: „Ach ja … Da war noch was! Ich hab Spuren von Blattgold in der Wunde gefunden!"

Zickler stöhnte laut auf.

Er wollte Berichte auf seinem Schreibtisch. Diese Telefoniererei jederzeit und überall verlockte die Rechtsmediziner immer wieder dazu, ihre mündlichen Berichte extrem theatralisch aufzubauen und abzuliefern.

Als er sich umwandte, um zu seinem Auto zurückzugehen, musste er gegen die Wintersonne blinzeln. Er vermisste für einen Moment seine Sonnenbrille und auch das angebissene Brötchen aus der Polizeikantine. Dieser Fall nervte ihn. Es ging nicht voran – jede neue Erkenntnis brachte nur neues Durcheinander.

Seine Augen folgten fasziniert einem Lichtpunkt, der an der Außenwand eines Hauses tanzte. Fast so wie früher in der Schule, wenn man den Lehrer ärgern wollte mit …

Zickler wirbelte herum.

Dort oben, etwa zwei Meter unterhalb der Spitze des Weihnachtsbaumes, hing der vermisste Außenspiegel an einem dicken Seil, baumelte sanft hin und her und ließ die Spiegelung der Sonnenstrahlen über die Hauswände huschen.

Oberhammer starrte ihn an. „Einen Hubsteiger? Jetzt? Hierhin, mitten auf den Platz? Unmöglich!"

Zickler funkelte zurück. „Ich habe hier einen Fall aufzuklären und muss da hoch!"

„Wegen des Außenspiegels? Was wollen Sie denn damit rauskriegen?"

Zickler schüttelte den Kopf und hob den Blick zur Spitze des Baumes. „Ich brauche diese Christbaumspitze. Jetzt, sofort!"

Oberhammer verdrehte die Augen. „Und was wollen Sie daran finden?"

„Blut. Blut des Toten."

16 Stunden vorher

Kogler packte die Kartons direkt auf der Ladefläche aus und legte die zusammengerollten Lichtergirlanden nebeneinander parat. Im letzten Karton lag die Christbaumspitze. Sie war aus schwerem Metall und trug eine Befestigungshülse am unteren Ende. Der obere Teil bestand aus vielen verschlungenen Ornamenten, die sich zu einer langen Vierkantspitze vereinten. Zum Schutz der feinen Blattgoldschicht war das fast metergroße Metallteil in dicke Lagen Papier eingepackt und trug eine Styroporkugel auf der Spitze.

Kogler sah hinüber zum Korb des Hubwagens. Sie würden mit der Spitze beginnen. Er packte die Rohrschellen und kleinen Holzkeilchen, die für die perfekte Ausrichtung des Metallschmucks auf der Spitze der Blaufichte dienen sollten, in einen kleinen Beutel und befestigte ihn an seinem Gürtel.

Schüller hatte das noch nie gemacht, er, Kogler, würde ihn wohl im Korb begleiten müssen. Hinauf bis zur Spitze des riesigen Baumes in der Mitte des Münsterplatzes. Kogler sah hoch und seufzte.

Einige Flocken tanzten plötzlich um seinen Kopf. Schön, es gab Schnee, pünktlich zur Eröffnung des Weihnachtsmarktes!

Schüller hatte inzwischen die neuen LED-Lämpchen ausgepackt und damit begonnen, die Leuchtgirlanden damit zu bestücken. Zwei waren schon fertig und Kogler prüfte kurz, ob alle Lampen brannten.

Die vereinzelten Flocken waren in dichtes Schneetreiben übergegangen. Eine dünne Schicht Schnee lag über dem Platz und auf dem Korbboden des Hubwagens.

Auch das noch.

Schüller war bei der letzten Lichterkette angekommen, als sein Handy klingelte. Er nahm ab, horchte eine Weile, sagte dann: „Nein, Schatz, ich kann noch nicht weg. Das dauert noch mindestens ´ne halbe Stunde!" Dann sprach die Anruferin. Lange und laut. Und sehr aufgeregt. Kogler konnte zwar nichts verstehen, aber der Tonfall war deutlich. Schüller rollte die Augen und hob die Schultern. Dann seufzte er, deutete auf sein Handy und flüsterte Kogler zu: „Meine Freundin. Sie hat Schiss, bei dem Wetter zur Nachtschicht zu fahren!"

Kogler war gerade dabei, die letzte Girlande zu prüfen und raunte Schüller zu: „Dann bring sie doch hin. Den Rest schaff ich auch ohne dich!"

Kurz darauf stand er alleine da. Starrte auf den Korb und dann weit hoch zur Spitze des Weihnachtsbaumes. Kogler grübelte kurz und fasste einen Entschluss.

Bald darauf stand er auf der Trittleiter vor dem Hubsteiger. Die Metallspitze lag auf dem obersten, breiten Tritt, die Lichtergirlanden hingen, immer noch aufgerollt, auf beiden Seiten an den Griffholmen.

Er stand in knapp zwei Metern Höhe, trotzdem wackelten seine Knie so heftig, dass er sie ganz fest an die Seitenteile der Trittleiter presste.

Direkt vor ihm hing ein Zweig fast waagrecht in der Luft. Er kürzte ihn bis zum ersten Kranz der Seitenzweige herunter. Auch die wurden direkt am Stamm abgezwickt. Jetzt hatte er eine Basis, die dick genug war, um der Hülse Halt zu geben, und kräftig genug, um die ganze Metallspitze zu tragen. Das Problem war die perfekte Ausrichtung.

Oben, mit dem Hubsteiger, hätte er mit der Wasserwaage arbeiten können.

Hier, auf der Trittleiter, mit der tief heruntergezogenen Baumspitze, musste er tricksen und basteln.

Doch bald waren die Rohrschellen festgezogen und der verbogene Baumwipfel schien kerzengerade in die Metallspitze überzugehen.

Kogler atmete tief durch. Seine Idee, den gesamten Baum zu sich herunter zu biegen, hatte funktioniert.

Das Seil, mit dem der Baum vor ein paar Tagen aufgerichtet worden war, war nicht entfernt worden. Damit hatte er – unterstützt von dem Handflaschenzug aus dem Werkzeugkasten – den Baumstamm so weit zu sich heruntergezogen, dass er die Spitze mit der Trittleiter erreichen konnte. Das Seil hatte er am Außenspiegel des Hubwagens festgezurrt.

Alles lief perfekt.

Er entfernte die Schutzkugel aus Styropor von der goldenen Metallspitze und begann mit der Befestigung der Lichtergirlanden.

Veröffentlicht in:
„Tödliche Zimtsterne"
24 Weihnachtskrimis aus Bonn und dem Rhein-Sieg-Kreis
Gitta Edelmann (Hg.), Leinpfad-Verlag 2015
ISBN: 978-3945782071

Hindernisse sind dazu da, überwunden zu werden

Jetzt! Jetzt geht es los mit meinem großen Projekt.

Ich schreibe einen Roman. Einen Kriminalroman. DEN Kriminalroman! Ich sprudele nur so über vor Ideen und weiß auch schon die erste Zeile!

„Es war eine dunkle, stürmische Nacht."

Jetzt steht er da. Auf dem Bildschirm meines Laptops. Dieser wichtige erste Satz!

Und dann ist er verschwunden. Komplett weg, Satz, Textprogramm, der Bildschirm schwarz.

Ja, ich hatte den Akku nicht geladen, aber das Ladekabel steckt doch in der Steckdose? Ich krieche auf allen Vieren über das Sofa, halb unter das Bücherregal und fühle nach der Stromverbindung. Alles gut!

Aber der Laptop bleibt dunkel.

Ausgerechnet jetzt, wo mir dieser fantastische erste Satz eingefallen ist! Der Kugelschreiber, der neben der Dreiersteckdose unter dem Regalbrett rumliegt, kommt mir gerade recht.

Ich sollte mal wieder Staubsaugen.

Aber zuerst muss ich mir diesen Satz notieren!

Ich laufe in die Küche und schreibe auf das erste Stück Papier, das mir in die Hände fällt:

„Es war eine stürmische, pechschwarze Nacht."

Ja, ich weiß, Schecks sollte man auf der Rückseite nur unterschreiben, aber das hier war wichtig! Fantastische Textideen verschwinden genauso schnell, wie sie im Hirn aufblitzen und kommen niemals wieder!

Ich brauche einen Plan.

Und ich brauche noch mehr Papier oder einen funktionierenden Computer oder – Kaffee! Ich sollte mir erst mal einen Kaffee kochen. Damit lässt es sich besser denken und planen.

Der Wasserkocher ist tot.

Die zweite elektrische Leiche auf meinem Weg zum Kriminalroman. Mir kommt ein Verdacht, und ich öffne langsam den Kühlschrank.

„Es war ein leerer, pechschwarzer Kühlschrank", murmele ich vor mich hin und starre in die dunkle Öffnung.

Ich sollte mal wieder einkaufen.

Schnell schlage ich die Tür wieder zu und tippe auf den Lichtschalter. Nichts. Aha! Stromausfall. Kurzschluss...?

Ich renne die Kellertreppe hinunter und reiße den Verteilerschrank auf. Seltsam. Alle Sicherungen sind in Ordnung!

Ich laufe wieder nach oben, aus der Haustür, über die Straße zur Nachbarin. Ich klingele Sturm, brauche dringend Papier und noch dringender Kaffee, aber keiner öffnet.

Natürlich sehe ich, wie sich die Gardine im oberen Stock bewegt.

Wie erbärmlich! Meine Nachbarin ignoriert mich!

Blitzschnell überlege ich, ob ich vielleicht noch irgendwas Geborgtes von ihr zu Hause habe. Oder hab ich was Falsches gesagt?

„Behalt' doch deinen Scheiß-Kaffee!", knurre ich und tappe die Eingangsstufen hinunter, als sich hinter mir die Tür öffnet.

„Habt ihr auch keinen Strom? Nichts funktioniert, kein Herd, kein Staubsauger, keine Waschmaschine – und natürlich auch keine Klingel! Ich hab dich nur durch Zufall hier stehen sehen."

Ich lächle, nicke und verzeihe ihr sofort.

„Ja!", sage ich und stelle fest, dass man unsere hausfraulichen Fähigkeiten sofort daran festmachen kann, woran wir einen Stromausfall erkennen.

„Eigentlich wollte ich gerne einen Kaffee, aber wenn ihr auch keinen Strom habt …?"

Ich denke an die stürmische, regnerische Nacht und frage: „Hast du vielleicht eine Schreibmaschine? So eine ohne Strom?" Eifrig nickt sie und winkt mich rein.

Das Farbband ist strohtrocken und gibt kein bisschen Schwarz mehr ab, aber sie hat ein Neues.

In Cellophan eingeschweißt.

Ich seufze tief. Sie ist so perfekt!

Schrecklich.

Die Euphorie lässt mich die Schmerzen vergessen, als ich beim Einfädeln des neuen Farbbandes zufällig an einen Hebel komme und der rübersausende Wagen drei Fingernägel meiner linken Hand abreißt. Einen davon komplett.

Blut tropft über die Walze in die Maschine.

Wie passend für eine Krimiautorin!

„Schnell, gib mir ein Blatt Papier! Wenn ich das über die Walze rolle, gibt das ein fantastisches Cover!"

Sie starrt mich an. Und hebt die Schultern. Kein Papier? Was für ein schlampiger Haushalt!

Notdürftig verbunden durch ein Küchentuch halte ich ihr gleich darauf die Schreibmaschine unter die Nase.

„Kann ich die mitnehmen?"

Kurze Zeit später stehe ich vor meiner Haustür.

Ich bin außen, mein Schlüssel liegt drinnen auf der Kommode. Ich habe eine Schreibmaschine, aber kein Papier und tausend neue Ideen für meinen Roman. Es wird langsam dunkel, und mir wird kalt, und ich fluche.

Ich umrunde das Haus und trage die Schreibmaschine wie bei einer Prozession vor mir her. Meine verletzte linke Hand pocht, ich brauche immer noch einen Kaffee und jetzt auch noch dringend eine große Schmerztablette.

Ein gekipptes Fenster im Wohnzimmer lässt mich aufatmen. Schnell ist die Schubkarre an die Wand gelehnt und mit einem alten Spaten verkeilt. Wie gut, dass nicht alles im Gartenhäuschen eingeschlossen ist!

Ich steige hoch, die Schreibmaschine unter den rechten Arm geklemmt. Die linke Hand schmerzt bei jeder Bewegung, trotzdem schaffe ich es, durch den Spalt den Griff des anderen Fensterflügels zu bewegen und zu öffnen.

Ich packe die Schreibmaschine wieder mit beiden Händen und lasse mich langsam über die Fensterbank nach innen gleiten. Mein Plan ist, die Schreibmaschine auf dem Fußboden abzustellen und mich einfach abzurollen.

Mein Ellenbogen streift etwas unsanft den fast zimmerhohen Kaktus auf dem kleinen, wackeligen Hocker. Der Kaktus lehnt sich ganz langsam über die Fensterbank und meinen Nacken.

Lange Stacheln bohren sich in meinen Hals und Rücken.

Ich erstarre.

Die Schreibmaschine baumelt zehn Zentimeter über dem Boden, und während ich noch überlege, ob ich sie einfach fallen lassen kann, ohne das Parkett zu zerkratzen, flammt plötzlich der Laptopbildschirm auf. Das Radio beginnt zu dudeln, und über mir beginnt ein leises Surren.

Der elektrische Rollladen, der sich gleich darauf in meine Nierengegend senkt, tackert mich – in Zusammenarbeit mit den Kaktusstacheln – gnadenlos auf dem Fensterbrett fest.

Ich starre auf den Bildschirm.

„Es war eine dunkle stürmische Nacht."

Und irgendwo bellt ein Hund.

Veröffentlicht in:
"Blitzsauber"
Verlag: crimetime (15. September 2020)
ISBN-13: 978-3981374933

Nikolaus

„Heiner?"

„Hmmm …?"

„Gehst du dich umziehen, die Kinder kommen gleich."

Heiner faltete die Zeitung zusammen, strich mit der rechten Hand über seinen Oberschenkel, der in einer leicht beuligen Breitcordhose steckte, und murmelte:

„Was schtimmd dann mit der Hoss nit?"

„Du hattest sie an, als wir uns kennenlernten. Vor dreiundvierzig Jahren. Und seither gefühlt jeden Tag!"

Heiner strich immer noch.

„Ja, des war noch Qualidääd domools."

„Bitte. Tu es für mich, ja? Und dann kannst du mir helfen, den Tisch decken und hol noch Saft und Sekt aus dem Keller."

Heiner stöhnte und grummelte. Dann stand er auf.

„Känn Woi?"

Hilde werkelte in der Küche und rief: „Michael bringt Glühwein mit!"

Heiner stöhnte lauter. Glühwein!

Das Schlimmste, was man einem guten Rotwein antun konnte, war, ihn warm zu machen und seltsame Gewürze reinzuschütten. Und wenn man einen schlechten nahm – der wurde dadurch kein bisschen besser!

„Und wenn du im Keller bist, kommst du gleich wieder hoch, ja? Du gehst NICHT in deinen Schnitzkeller, hörst du?"

Heiner seufzte. Hilde kannte ihn zu gut.

Da unten hatte er seine Ruhe. Beim Schnitzen der Marionetten konnte er komplett die Zeit vergessen, und wenn er dann die Schnüre einfädelte und ihnen damit Leben einhauchte, war das jedes Mal ein erhabener Moment.

Es hatte was von Schöpfung.

Ähnlich schön wie damals, als die Kinder geboren wurden. Ulrike, Ursula und Ute waren prächtige Mädchen! Er liebte sie sehr, aber wenn möglich, jeweils alleine.

Ulrike hatte diesen Akademiker angeschleppt. Irgend so einen Klugscheißer-Doktor, der geschwollen daherredete und mit seinen Fremdsprachen protzte.

Und Glühwein mitbrachte!

Ursulas Ehemann hatte in seiner Firma Karriere gemacht. Von der Schreinerei über die Projektleitung bis zum Leitungsteam mit Gewinnbeteiligung. Seither nutzte er seine Finger nur noch zum Tippen auf allen möglichen Geräten und ging immer nur mit Schlips und Sakko zur Arbeit.

Nur Ute hatte sich für einen echten Handwerker entschieden. Aber seit über einem Jahr war der verschwunden. Weder zu den Geburtstagen noch an Ostern oder Weihnachten tauchte er auf – Ute kam immer alleine.

„Papa, Tom ist auf der Walz! Da darf er nicht nach Hause zwischendurch! Nicht mal in die Nähe!"

Heiner blieb skeptisch. Das hatte er ja noch nie gehört!

Hilde kam ins Wohnzimmer mit einem Stapel Teller. Ihr Blick reichte, Heiner stand auf, streckte sich und seufzte wieder.

Hilde schaute immer noch streng.

Dann sagte sie: „Heiner, du nimmst dich zusammen heute Abend. Dass Stefan eine Weihnachtsmann-Agentur beauftragt hat, lässt sich nun mal nicht mehr ändern!"

Ja, ja.
Heiner war trotzdem verärgert. Schlimmer noch, er fühlte sich als Versager. Als nutzloser Versager.

Die letzten Jahre war es immer seine Aufgabe gewesen, die Enkel als Nikolaus zu beschenken. Und das hatte er immer sehr konzentriert und voller Eifer erledigt. Er hatte vorher eines seiner dicken Vogelkundebücher in Goldfolie eingepackt, hatte Zettel eingeklebt, auf denen er fein säuberlich die Namen und die Belobigungen und Ermahnungen der einzelnen Enkel eingetragen hatte. In großer Schrift, versteht sich, weil er seine Lesebrille nicht tragen durfte, sondern eine Nickelbrille mit Fensterglas auf der Nase hatte.
Ein langer Rauschebart aus Watte, Wattelöckchen unter der roten Nikolausmütze und ein Sofakissen unter dem schwarzen Mantelgürtel hatten die perfekte Verkleidung ergänzt.

Bis letztes Jahr der Älteste von Ulrike und Michael, Amadeus, mitten in seinem Gedicht-Aufsagen stockte und fragte:
„Warum hat der Nikolaus Opis Hausschuhe an?"
Das darauffolgende Durcheinander war grandios gewesen.
Hilde hatte mit den Augen gerollt, Ulrike hatte ihren Großen zur Seite genommen und was von „die Stiefel waren zu dreckig und da hat der Opi ihm die geborgt" gemurmelt, Michael hatte sich zwei Becher Glühwein in

kürzester Zeit eingefüllt und genuschelt: „Großes Kino. GANZ großes Kino!", in Endlosschleife.

Ursula hatte Söhnchen Fiete-Ole die Ohren zugehalten und Stefan hatte Töchterchen Luana-Johanna auf den Arm genommen und beim Rausgehen gerufen: „Dafür gibt es doch PROFIS! Mein Gott!"

Die Zwillingsbrüder von Amadeus waren wach geworden und hatten in Jumbo-Jet-Landebahn-Lautstärke gebrüllt und Oma Hilde hatte versucht, beide in die Küche zu lotsen, um sie mit Plätzchen ruhigzustellen.

Nur Ute hatte entspannt auf dem Sofa gelegen, ihr Baby gestillt und in ihre Faust gekichert, bis ihr die Tränen über beide Wangen liefen.

Ja, ja.

Das mit den Hausschuhen. Blöd.

Heiner hatte sich wie jedes Jahr sofort in den Schnitzkeller verkrümelt, als die ganze Mannschaft eintraf. Er musste sich schließlich verkleiden und vorbereiten und – überhaupt war der Nikolaus-Abend dort unten ganz prima zu ertragen!

Er hatte sich eine Riesling-Schorle gemacht und las immer wieder die Anmerkungen im goldenen Buch. Und welches Geschenk in welchem Papier für welches Kind sein sollte.

Hilde würde rechtzeitig mit dem Besenstiel auf den Küchenboden klopfen, und er würde dann wissen, dass er noch etwa fünf Minuten hatte. Das hatte bisher jedes Jahr ganz prima funktioniert und Heiner drapierte das Kissen unter den Mantel.

Er mixte sich noch eine Schorle.

Er schichtete die Geschenke in den alten Kartoffelsack, zog vorsichtig die Mütze über die Glatze und richtete die

Wattelöckchen aus. Den Bart ließ er noch weg – damit trank es sich so schlecht.

Er mixte sich noch eine Schorle.

Er klemmte den Wattebart hinter die Ohren und besah sich vor dem Spiegel des alten Utensilienschranks.

Perfekt.

Er hob den Bart, nahm einen Schluck, da polterte es über ihm. Aha! Es ging los!

Und dann merkte er, dass er noch die Hausschuhe anhatte. Er griff nach den Feuerwehrstiefeln in der Ecke, hob das rechte Bein, zog den Hausschuh aus und versuchte, den Stiefelschaft zu treffen. Aber das ging irgendwie nicht so richtig, weil der Kissenbauch ihm die Sicht versperrte und der Stiefel heftig zu wackeln schien.

Über ihm polterte es wieder. Dringlicher.

Zwei weitere, vergebliche Versuche, dann gab Heiner auf. Er schlüpfte deshalb wieder in den rechten Hausschuh, packte den Geschenkesack, prüfte noch mal Sitz von Mütze und Bart und stapfte mit lautem „Ho-Ho-Ho!" die Kellertreppe hoch.

Fast wäre ja alles gutgegangen. Fast.

Für dieses Jahr war er als Nikolaus abgemeldet. Stefan hatte einen Profi engagiert. Die beiden Schwiegersöhne hatten das vereinbart und die Aufgaben verteilt – Michael den Glühwein, Stefan den Nikolaus – ihre Frauen informiert und die wiederum ihre Mutter drum gebeten, es dem Opa schonend beizubringen.

Heiner war tief getroffen.

Er hatte schon damit gerechnet, dass es dieses Jahr anders laufen würde, aber dass er völlig außen vor war, wurmte. Und bohrte. Und stach.

Die Einzige, die ihn verstand, war Ute. Sie hatte ihn angerufen und gesagt: „Ach Papa. Ich würde dich wieder nehmen. Ich wusste doch als Kind auch schon, dass DU das warst. Kinder wissen das. Das fühlt man, riecht man – man weiß es eben. Aber Michael befürchtet bei seinen Nachkommen ein frühkindliches Trauma, wenn sie sich betrogen fühlen!"
Es hatte gutgetan, aber enttäuscht war er trotzdem noch.

Als er mit Saft für die Kinder und Sekt für die Frauen wieder nach oben kam, hatte Hilde den Tisch schon gedeckt und summte ein Weihnachtslied vor sich hin. Heiner nahm die Glühweintassen zur Kenntnis, sah aber auch, dass Hilde an seinen Platz ein Schoppenglas gestellt hatte. Ach, Hilde!
Und dann dachte Heiner, dass es vielleicht gar nicht so schlecht war, sich die ganze Sache als Zuschauer zu betrachten!

Bald ging es los.
Immer wieder klingelte es und ein neuer Schwall Menschen überflutete den Flur. Jacken, Mützen, Winterstiefel, Schals, Handschuhe – seine kluge Hilde hatte pro Familie einen großen Wäschekorb für die Kinderklamotten parat gestellt, damit die Rückverteilung später reibungslos laufen konnte.
Ute kam als Erste. Die kleine Emma lief schon ein paar Schritte, zog ihren ohramputierten Knuddelhasen hinter sich her und strahlte glücklich ihren Opi an. Der nahm sie hoch und kitzelte mit dem Bart ihr Näschen, wie jedes Mal zur Begrüßung. Und wie jedes Mal jauchzte die Kleine vor Vergnügen. Heiner hoffte inständig, dass dieses Kind so

wonnig bleiben würde. Die Chancen standen gut bei der patenten Mutter, auch wenn die immer noch keinen Mann und Vater an ihrer Seite hatte.

„Papa! Jetzt frag doch nicht immer! Das dauert vier Jahre. VIER! Wir besuchen ihn doch ganz oft, aber hierherkommen, das darf er nicht!"

Heiner atmete tief. Das würde wohl alles seine Richtigkeit haben.

Ursula und Stefan kamen als Nächste. Fiete-Ole und Luana-Johanna stritten sich schon im Hof, zogen sich gegenseitig die Mützen über die Nasen und brüllten dann nach Hilfe.

Stefan checkte permanent den aktuellen Standort des georderten Weihnachtsmanns auf seinem Smart-Phone und Ursula verzog sich in die Küche und fragte Hilde:

„Mama, kann ich dir was helfen?"

Die zog die Augenbrauen hoch und antwortete:

„Ja, bring deine Brut zur Raison!"

Heiner stand mittendrin, Emma auf dem Arm und grinste. Seine Hilde!

Ulrike und Michael kamen als Letzte. Michael schleppte den Elektrokocher mit dem Glühwein und rief: „Steckdose! Steckdose?", noch bevor er „Guten Abend" sagen konnte.

Hilde lächelte ihn an: „Grüß dich, lieber Schwiegersohn! Nimm die Steckdose, die du JEDES Jahr nimmst, die verschieben sich bei uns nicht!"

Heiners Grinsen wurde breiter.

Ulrike entblätterte ihre Söhne und schichtete die Teile fein säuberlich in den vorgesehenen Wäschekorb. Dann drückte sie Amadeus sein Flöten-Etui in die Hand und schickte ihn ins Wohnzimmer.

Die Zwillinge hielten jeweils ein elektronisches Teil in den Händen, das sie nur zum Handschuhe-Ausziehen kurz losließen. Beide starrten auf die Displays, bewegten die Daumen in Höchstgeschwindigkeit und versuchten, ihrem Bruder ins Wohnzimmer zu folgen.

Heiner wartete darauf, bis der erste gegen den Türrahmen stolpern würde, aber Ulrike lenkte die beiden mit kurzen Stupsern auf die Schultern zielsicher zum Sofa.

Einen Moment überlegte Heiner, ob die beiden wirklich lebendig waren, und ihm kamen echte Zweifel, als er merkte, dass er keine Ahnung hatte, wie die beiden hießen und ob sie überhaupt Namen hatten.

„Hilde?", flüsterte er seiner Frau zu. „Ich hab vergesse, wie die zwää hääßen! Hinz und Kunz? Trick und Track?"

„Max und Moritz", sagte Hilde und zwinkerte ihm zu.

„Echt jetzt?"

„Nein! Johann-Wolfgang und Friedrich!"

Irgendwann hatte jeder seinen Platz auf dem Sofa gefunden. Amadeus packte seine Blockflöte aus, die drei Töchter schwatzten fröhlich miteinander und schlürften Sekt dabei, Michael verteilte Glühwein – an sich selbst und an seine Frau Ulrike, die die Becher dankend annahm und in einer Reihe auf der Fensterbank parkte.

Stefan und die Zwillinge zeigten eine perfekte Choreografie: wischen, tippen, starren, stöhnen.

Seine eigenen Kinder hatten sich derweil Glühweinbecher von der Fensterbank besorgt, pusteten hinein und warteten auf eine geeignete Trinktemperatur.

Hilde kam rein, stellte einen gefüllten Brotkorb auf den Tisch, packte die Glühweinbecher von Fiete-Ole und Luana-Johanna und drückte sie Michael in die Hand.

Dann klatschte sie in die Hände.

„Der Nikolaus hat viel zu tun heute Abend. Deshalb hat er später nicht die Zeit, all eure Gedichte und Lieder hier anzuhören. Aber ihr wisst ja, der Nikolaus weiß alles und sieht alles! Die Krautwickel brauchen noch zwanzig Minuten, bis dahin ist genug Zeit, alle eure Darbietungen vorzutragen. Also, los geht's! Fiete-Ole fängt an."

Der Kleine stand auf und begann, sein Gedicht aufzusagen. Mama Ursula flüsterte ihm von hinten die jeweils nächste Zeile ins Ohr und Amadeus rief: „Die sagt ja vor! Das gilt nicht!"

Heiner murmelte: „De selwe Klugscheißer wie sein Vadder!", und Ulrike zischte: „Das hab ich gehört!"

Heiner übergab Emma an ihre Mutter, schnappte sich das Schoppenglas vom Tisch und schob sich langsam Richtung Tür.

Als er mit seiner Riesling-Schorle zurückkam, war das Gedicht zu Ende und Luana-Johanna packte ihre Blockflöte aus.

„Wieso flötet die hier? ICH flöte hier!", schrie Amadeus und Heiner nahm einen tiefen Schluck.

Ulrike starrte ihn drohend an und fragte dann in die Runde: „War das so abgesprochen? Michael?"

Der sah sich verwirrt um. „Glühwein, Schatz?"

Ulrike sprang auf, nahm Amadeus an der Hand und ging mit ihm in den Flur. Kurz darauf war sie wieder da, nickte allen zu und sagte zuckersüß zu Luana-Johanna:

„Bitte entschuldige die Störung. Du kannst jetzt anfangen."

Die Kleine begann mit einer schrägen Aneinanderreihung von Tönen und Heiner versuchte verzweifelt, das Lied zu erkennen.

„Das Intervall im dritten Takt ist eine GROSSE Terz! Von D auf B und NICHT auf H!" Amadeus lehnte sich nach dieser Kritik zufrieden im Sofa zurück.

Heiner murmelte: „De selwe Kluuchscheißer –", und unterbrach sich sofort, als er Ulrikes Blick bemerkte.

„Papa, in diesem Kontext heißt es der Gleiche, ja? Der GLEICHE! NICHT DERSELBE!", zischte sie ihm zu.

Dann hatte Luana-Johanna ihren Vortrag beendet, lächelte in die Runde und verbeugte sich.

Keiner klatschte.

Jeder versuchte, das Lied zu erraten, und die Kleine heulte los.

„Alle Jahre wieder wär ääfacher gewesst! Warum muss die Klää so schwere Lieder spiele?" Heiner schaute in die Runde.

„Unn sie hot de Dreivierteltakt net gschbielt. Deshalb hot mer des Lied net gekennt!"

„Du hast doch keine Ahnung von Takt! Von Drei Viertel schon eher!", zischte Stefan und blickte einen Moment von seinem Display hoch.

Heiner stand auf.

„Ich hab johrelang im Mussigverei die Pauke gschbielt! Johrelang! Ich wääs sehr wohl, was Taktgfiehl is! Ihr hänn all kä Ahnung!" Dann sah er sich alle seine Kinder und Schwiegerkinder und Enkelkinder an, wie sie da auf der Couch saßen, schüttelte den Kopf und murmelte: „Uff die Pauke haue will jeder. Awer traache will se kenner!"

Heiner packte sein Glas und verschwand wieder Richtung Küche. Er machte kein Licht – den Kühlschrank fand er auch im Dunkeln. Es brodelte in ihm und er summte zur Beruhigung das Flötenlied vor sich hin: *Kommet Ihr Hirten*. Die Melodie WAR aber auch schwer!

Er holte die Rieslingflasche aus dem Seitenteil und schloss die Kühlschranktür. Er goss den Wein ins Glas und horchte auf das Gluckern, das immer höher wurde, bis die ideale Menge Wein eingegossen war.

Heiner schmunzelte. Passte genau, die Flasche war jetzt leer.

Gerade wollte er sie wegstellen und zum Sprudel greifen, als er aus den Augenwinkeln eine Bewegung wahrnahm. Draußen, vor der Terrassentür, hatte sich was bewegt! Und dann sah er, dass der Türgriff in Offen-Stellung eingerastet war! Und wieso war der Rollladen nicht geschlossen?

In dem Moment wurde die Tür mit einem leichten Schubs aufgestoßen und ein Mann schob sich in die Küche. Geduckt schlich er auf Heiner zu, eine Kapuze über dem Kopf, einen Sack für das Diebesgut auf dem Rücken.

Heiner erstarrte nur einen kurzen Moment.

Dann hob er die Flasche und haute sie dem Einbrecher mit voller Wucht aufs Hirn.

Ein lautes Knacken – Heiner war nicht ganz klar, ob es von der Schädeldecke oder der Flasche gekommen war – zeigte ihm, dass er perfekt getroffen hatte. Der Verbrecher sackte mit einem kurzen, lauten Schrei vor ihm auf die Küchenfliesen.

Das Licht flammte auf. Alle drängten sich in der Küchentür, Ursula hielt sich erschrocken beide Hände vor den Mund, Stefan fluchte, Michael nahm einen tiefen Schluck Glühwein und Luana-Johanna starrte auf den Mann in rotem Mantel mit Kapuze, einem Watterauschebart, der über seine Nase gerutscht war, und flüsterte dann mit Entsetzen in ihrem Kinderstimmchen:

„Opi, du hast den Nikolaus erschlagen!"

Krautwickel

1 kleiner Wirsing, 1 Zwiebel, 1 altes Brötchen, 500 g Hackfleisch (gemischt), 1 Ei, Salz und Pfeffer, Kümmel, Majoran, Muskat, Fett zum Braten, Brühe(pulver), Sahne

Den Wirsing vorsichtig zerteilen, die Blätter müssen dabei ganz bleiben. Für jeden Krautwickel zwei schöne Blätter aussuchen und in kochendem Salzwasser kurz blanchieren.

Aus dem eingeweichten Brötchen, der gehackten Zwiebel, dem Hack und dem Ei einen Hackfleischteig zubereiten. Mit Salz, Pfeffer, Kümmel, Majoran und Muskat kräftig würzen. Einen Teil der Blätter, die nicht zum Einwickeln benötigt werden, fein hacken, zum Hackfleischteig geben und gut vermengen.

Die blanchierten Blätter ausbreiten, etwas Hackfleischteig formen, auf die Blätter legen und zusammenrollen. Dabei die Seiten einklappen, damit kein Teig austreten kann. Mit Küchengarn oder Rouladennadeln schließen.

Fett in einer Pfanne heiß werden lassen, die Krautwickel von allen Seiten kräftig anbraten, bis sie schön braun sind. Mit heißer Brühe ablöschen und etwa zwanzig Minuten schmoren lassen. Für die Sauce bei Bedarf etwas Brühe oder Sahne nachgießen. Abschmecken und mit Salzkartoffeln oder frischem Bauernbrot servieren.

Veröffentlicht in:
„Pfälzisch kriminelle Weihnacht" Herausgeberin: Kerstin Lange
Verlag: Wellhöfer Verlag (20. September 2019)
ISBN-13: 978-3954282630

Preisträger-Geschichten

Die folgenden beiden Geschichten sind preisgekrönt.
Sie wurden beim Wettbewerb „Lotto-Kunstpreis" von
Lotto-Rheinland-Pfalz ausgezeichnet

2017 hat die Geschichte

Interview

den dritten Platz belegt. Thema der Ausschreibung war:

Freundschaft

Im Jahr 2022 schaffte es die Geschichte

Strichcode

sogar auf Platz EINS! Thema der Ausschreibung war:

Hoffnung

Diese beiden Geschichten sind als Bonus hier abgedruckt.
Nach 13 kriminellen Themen ein bisschen Freundschaft
und Hoffnung!

Interview

Stefanie, 25 Jahre + Laura, 25 Jahre:
Stefanie:

Laura und ich, das ist wie Hanni und Nanni. Wir lieben die gleichen Dinge, können stundenlang quatschen und haben immer viel zu lachen. Manchmal könnte ich allerdings ausrasten, wenn sie mir von Problemen erzählt, die ihr Papa für sie geregelt hat. Egal, ob Wohnungssuche, Arzttermine, Beule im Auto – alles kein Ding. „Bonzenkind!", schreit es dann in mir. Und dann denke ich wieder, dass ich sie sehr lieb und supergerne als Freundin habe und sie schließlich nichts dazu kann, so reiche Eltern zu haben.

Laura:

Wenn ich nicht weiterweiß, frage ich Stefanie. Sie hat auf alle Fragen eine Antwort und hat ihr Leben total gut im Griff. Ihr Papa ist gestorben, als sie elf war, und sie ist es deshalb gewöhnt, Dinge zu regeln. Sie kann ein Regal aufbauen und einen Transporter fahren, mit einer Nähmaschine umgehen und Kuchen backen. Ich finde sie megatoll, auch wenn sie manchmal ein bisschen genervt ist und mitleidig guckt und dann „Bonzenkind" zu mir sagt. Wir lachen dann beide und freuen uns, dass das Geld meiner Eltern kein Problem in unserer Freundschaft ist.

Michi, 18 Jahre + Hannes, 18 Jahre
Michi:

Hannes ist mein bester Freund. Wir machen alles zusammen. Immer. Abhängen, Musik hören, was trinken gehen, an den Moppeds rumschrauben. Manchmal auch

Mädels gucken, aber das ist uns nicht so wichtig, weil – Mädels stressen. Und sind kompliziert. Es wäre zwar nett, ne Freundin zu haben, aber eben auch anstrengend. Dann lieber nur mit Hannes.

Hannes:

Michi? Ich kann es ihm nicht sagen, denn ich will ihn nicht verlieren. Ich vermeide schon jede körperliche Nähe, damit er nichts merkt. Manchmal denke ich, Mädels interessieren ihn nicht, aber dann guckt er wieder eine so an und benimmt sich bescheuert. Das gibt mir richtig einen Stich ins Herz. Ich muss es ihm sagen. Irgendwann.

Elfriede, 82 Jahre + Anne, 22 Jahre
Elfriede:

Anne ist ein wundervolles Mädchen. Bei einem Fest hier im Pflegeheim gab es einen – ich weiß das Wort nicht mehr so genau – aber auf jeden Fall trafen sich Bewohner und Abiturienten. Jeder hat von sich erzählt und das war sehr schön! Jetzt kommt sie jede Woche und besucht mich und ich freue mich immer schon Tage vorher darauf. Sie ist wie eine Enkelin oder Freundin für mich. Sie liest mir vor, kauft Kleinigkeiten für mich ein, geht mit mir mit dem Rollstuhl spazieren – sie ist der wichtigste und liebste Mensch in meinem Leben.

Anne:

Ja, die Omma-Elfriede... Manchmal weiß sie zuerst nicht so genau, wer ich bin. Aber dann schnallt sie es wieder. Sie hat mir damals, bei diesem Workshop im Altersheim, ganz viel von früher erzählt. Das war zwar ein bisschen öde, aber dann hat sie mir einen Fuffi geschenkt, damit ich mir „ordentliche Hosen" kaufen kann. Ihr haben meine Löcher-Jeans wohl nicht so gefallen. Und jetzt gibt sie mir auch immer noch jedes Mal Geld. Für Lebensmittelmarken. Sagt sie. Ich sei so dünn. Das ist der lockerste Nebenjob, den ich je hatte. Nur ihr amtlicher Betreuer war ne Zeitlang ein Problem. Der war misstrauisch. Aber ich hab ihm was vorgeheult, dass meine Oma letztes Jahr gestorben ist und dass ich sie soo sehr vermisse – seitdem ist er entspannter.

Marlene, 34 Jahre + Konstanze, 35 Jahre
Marlene:

Ach, bin ich so froh, dass wir im gleichen Zimmer lagen bei unseren Entbindungen! Seitdem sind wir die dicksten Freundinnen, treffen uns mehrmals die Woche mit unseren Söhnen und haben auch schon komplette Familienausflüge miteinander unternommen. Die Männer verstehen sich auch prima. Unsere anderen Freundschaften sind schwierig im Moment, weil wir abends nicht mehr feiern gehen können mit dem Kleinen. Deshalb bin ich superfroh, dass ich Konstanze damals kennengelernt hab! Obwohl sie in einem tollen Bungalow wohnen und zwei dicke Autos fahren und sich abends oft einen Babysitter leisten können, guckt sie trotzdem nicht auf mich runter. Ich finde sie toll!

Konstanze:

Ach ja, Marlene, die Supermama! Wir treffen uns oft. Immer bei ihr. Das ist bequem für mich. Sie macht Kaffee, sie backt Kuchen, sie hat hinterher das Chaos im Wohnzimmer, wenn die beiden Racker sich ausgetobt haben. Aber sie scheint das nicht zu stören. Sie hat tagsüber kein Auto, daher hat sich das so ergeben. Selbst wenn wir auf den Spielplatz gehen – sie hat Kekse dabei und Ersatzwindeln und Feuchttücher und Trinkpäckchen. Ich nehm' dafür zwei Piccolos mit. Das findet Marlene

‚supercool', wie sie sagt. Tobias will allerdings keine Familienausflüge mehr planen. Das wird ihm alles zu eng. Er hat ja Recht. Wir müssen die beiden dann auch zu unseren Gartenpartys und Geburtstagsfeiern einladen. Das wäre mir dann doch etwas peinlich.

Brigitte, 56 Jahre und Cornelia, 57 Jahre:
Brigitte:

Cornelia und ich, was hatten wir zusammen viel Spaß, auch wenn das Leben nicht immer so einfach war. Wir haben uns gegenseitig die Kinder abgenommen, damit die andere mal zwei Stunden für sich hatte. Wir haben zusammen Plätzchen gebacken, Marmelade gekocht, Schultüten gebastelt und uns beim Kinderturnen zum Affen gemacht. Wir konnten auch ernste Dinge bereden und taten uns so gut.

Als ich weggezogen bin, haben wir beide furchtbar geheult. Und dann …? Wurden die Anrufe seltener, die Besuche erst recht, denn es war ja so weit. Bei den wenigen Treffen war es wie immer. Wir saßen in der Küche, tranken Wein, redeten, lachten, heulten ein bisschen und waren so vertraut. Und versprachen uns, wieder mehr Kontakt zu haben. Ich ruf sie an. Spätestens zu ihrem Geburtstag.

Cornelia:

Ich müsste Brigitte anrufen. Es ihr sagen. Aber ich kann es nicht. Wenn sie sich in zwei Monaten meldet, um mir zum Geburtstag zu gratulieren, werde ich nicht mehr da sein. Der Arzt sagt, noch vier Wochen. Vielleicht. Ich müsste Brigitte anrufen. Aber ich will nicht, dass sie mich so sieht. Sie soll mich lachend und Wein trinkend in Erinnerung haben.

Ob sie es mir verzeihen wird?

Strichcode

Packung aufreißen.
Plastikteil auspacken.
Beipackzettel wegwerfen. Ich weiß längst, wie es funktioniert.
Flüssigkeit platzieren, Testpäckchen auf die Ablage des Badezimmerspiegels legen.
Gespanntes Warten.
Ungeduldiges Warten.
Genervtes Warten.
Ich hole den Beipackzettel aus dem Mülleimer, falte ihn auf, und versuche, ihn wieder korrekt zusammenzulegen. Das funktioniert nie.
Die Falttechnik muss die gleiche sein wie bei Wanderkarten. Unlogisch und verwirrend.
Ich sehe zur Uhr.
Zu früh.
Ich sortiere die Flaschen auf dem Badewannenrand.
Zu viele.
Alle nur halb geleert, alle gut für die Haut mit Milch und Honig und AloeVera und noch komplizierteren Namen.
Ich sehe zur Uhr.
Zu früh.
Ich spritze WC-Reiniger unter den Rand der Kloschüssel. Damit es einwirken kann. Und kriege ein schlechtes Gewissen wegen der Chemie, die in die Kläranlage fließen wird. Backpulver, Cola? Wäre das besser?
Ich sehe zur Uhr.
Zu früh.

Ich prüfe vor dem Spiegel eine Hochsteckfrisur. Öffne die seitlichen Türen, um mein Profil zu sehen. Macht mich das jünger?

Ich sehe im Spiegel zwei Striche.

Ich lasse meine Haare los und starre auf das Testding. Insgesamt sehe ich jetzt vier Striche!

Positiv!

Ich halte die Luft an.

Positiv!

Langsam puste ich die Luft aus meinen Lungen.

Mit dem Sauerstoff geht auch meine Fähigkeit, einen klaren Gedanken zu fassen.

Was kommt als Nächstes?

Was soll ich tun, wen informieren?

Meine Familie? Meinen Arzt? In welcher Reihenfolge? Vielleicht muss ich erst selbst mit dem Ergebnis klarkommen?

Ich tappe ins Wohnzimmer. Die Gedanken überfluten mein Hirn.

Ich werde die Fenster putzen!

Putzen beruhigt und macht die Synapsen wieder arbeitsfähig. Aber vielleicht ist das jetzt zu anstrengend? Nicht gut für mich?

Lesen!

Ich klappe das Buch auf und versuche, die Sätze zu erfassen. Es funktioniert nicht. Es funktioniert nie, wenn drängende Gedanken hinter meiner Stirn alle Aufmerksamkeit fordern.

Ich zerre meinen Strickkorb aus dem Eck neben dem Sofa. Stricken beruhigt.

Maschen zählen ist wie ein Mantra.

Ich suche das Nadelspiel für dünne Socken.

Klitzekleine Socken.
Und die passende Wolle.
So viele Farben.
Ich greife zu hellblau.
Dann zu rosa.
Zu früh, denke ich.
Dann nehme ich grün.
Grün ist die Hoffnung.
Die Hoffnung, dass es dieses Mal endlich ein gutes Ende nehmen wird.

Wie – jetzt passt die Gesamtseitenzahl nicht?

Gut, noch ein mörderischer Limerick:

Eine Schriftstellerin an der Bar
schreibt nen Krimi – das ist sonnenklar
Das Opfer: gedrittelt
Der Täter: ermittelt!!
So kurz, weil's ein Limerick war!

Und noch ein dickes **DANKESCHÖN** an die Mörderischen Schwestern, die auf alle Fragen Antworten hatten, meine Geschichten in ihre Anthologien aufgenommen haben und immer für einen guten Schuss Motivation sorgen!

Besonders an Moni Reinsch, die diese Druckdatei akribisch geprüft hat, an Ingrid Reidel, die mir bei der Covergestaltung geholfen hat, und an Ingrid Schmitz, die mich vor vielen Jahren unter ihre Fittiche nahm und meine ersten Autorinnenschritte begleitet hat.

Zur Autorin

Heidi Moor-Blank lebt in der Südpfalz und ist in Landau geboren und zur Schule gegangen. Schon damals stand unter ihren Aufsätzen "Sehr schön, aber viel zu kurz!"

Heute schreibt sie Detektivgeschichten für Kinder und Kurzkrimis für Erwachsene.

Seit der Jahrtausendwende ist sie Mitglied der 'Mörderischen Schwestern', einem Netzwerk von Krimiautorinnen.

Sie ist Preisträgerin einiger Literaturpreise.

Weitere Hobbys sind das Theater - seit vielen Jahren spielt sie bei der **"Kleinen Bühne Landau"** – und schwimmen und tauchen, wann immer es geht.

www.heidi-moor-blank.de

Weitere Veröffentlichungen:

Natürlicher Tod – ausgeschlossen

13 kriminelle Kurzgeschichten – heiter bis makaber

Ein Mord aus Versehen? Rückblick eines todkranken Ekels, Rachegelüste, Enttäuschungen und Phantasien, die sich verselbständigen.

Ein Kuchen als Mordwerkzeug? Oder doch lieber schweres Gerät? War es ein Unfall oder kaltblütige Absicht? Wer weiß?

Dieses Buch ist als Einschlafhilfe nicht geeignet!

Verlag: Books on Demand; August 2011
Taschenbuch: 172 Seiten
ISBN-13: 978-3839113738

Auch als E-Book erhältlich!

Fünf dieser Geschichten gibt es
auch als MP3-Datei
auf CD

-    Todesbuch
-    Versoffene Jungfern
-    Pro Mille
-    Himmlisches Omelette
-    Donau, so blau

Tatort Tastatur

13 kriminelle Kurzgeschichten

Steuerhinterziehung, blutige Recherche, ein tödlicher Tauchgang und weihnachtliche Geschichten, weit ab jeder Beschaulichkeit.

Eine weitere Sammlung der besten kriminellen Kurzgeschichten von Heidi Moor-Blank, veröffentlicht in verschiedenen - besser - diversen Anthologien wie "Tödlicher Glühwein", "Diagnose Mord" und "Waschen, föhnen, umlegen".

Verlag: Books on Demand; 2. April 2015

Taschenbuch: 168 Seiten

ISBN-13: 978-3734769948

Auch als E-Book erhältlich!

Kinderbücher

"Das Geheimnis der Windräder"
Eine Detektivgeschichte aus dem Burgwald

Tom ist lang, superschlau und etwas ungelenk, Nicki, sein bester Freund, ist klein, sportlich und sehr lesefaul. Erst ist eine verzwickte Prüfung abzulegen - ehe die beiden frisch gebackenen Detektive in ein spannendes Abenteuer stolpern.
Was geht vor in diesem Windrad?
Ein gefährliches Abenteuer für Tom und Nicki - oder gibt es eine ganz einfache Lösung?

BAND 1 der Reihe mit Tom und Nicki
ISBN: 978-3-7347-3038-2

"Das Geheimnis der alten Klavierfabrik"
Eine Detektivgeschichte aus dem fränkischen Seenland

Als der Urlaub von Nickis Familie ins Wasser fällt, schmuggelt Tom seinen Freund als blinder Passagier in den Wohnwagen.
Bis er entdeckt wird, ist Toms Familie schon am Urlaubsort und Nicki darf erst einmal bleiben.
Als die Kinder die Umgebung des Sees erkunden, entdecken sie eine alte Fabrik, in der es nicht mit rechten Dingen zugeht. Wie gut, dass Tom und Nicki hervorragende Detektive sind! Und wenn sie nebenher auch noch windsurfen lernen können ...

BAND 2 der Reihe mit Tom und Nicki
ISBN: 978-3-7347-4700-7

"Das Geheimnis der Katakomben"
Eine Detektivgeschichte aus Landau in der Pfalz

Beim Besuch der Großeltern entdecken die Detektive die unterirdischen Gänge von Landau mit all den Geheimnissen, die dort verborgen sind.
Mit viel Mut und pfiffigen Ideen lösen sie auch diesen Fall und finden heraus, was in den Katakomben vor sich geht.

BAND 3 der Reihe mit Tom und Nicki
ISBN: 978-3-7386-0353-8

Alle drei Bände gibt es als Taschenbuch oder als E-Book!